Tales

Hovhannes Tumanyan

Պատմվածքներ

Հովհաննես Թումանյան

Tales

Contact:
IndoEuropeanPublishing@gmail.com

ISNB: 978-1-60444-777-4

ՍՈՎԻ ԺԱՄԱՆԱԿԻՑ

Երբ որ Լոռու ձորերից հայ գյուղացին Ալեքսանդրապոլ յուր կնոջ քաղած հոնով աղ առնելու գնա, հացը պակսած ժամանակ յուր շինած թին կամենա տանել Շորագյալ հացի հետ փոխելու, կամ պարտք արած փողով ցորեն, գարի գնելու, պետք է յուր բեռնակիր ձիու հետ անցնի Ջամանլվի հովիտը:

Ջամանլվի ահագին հովիտը կազմում են հանդիպակաց լեռները, որոնց անտառապատ զառիվայրերն երկու կողմից իջնելով, ձորի խորության մեջ հանդիպում են սրընթաց կոհակներին Փամբակա ջրի, որ, համանուն սարերից գալով, հովտի երկայնությամբ վազում է դեպի Լոռու ձորերը:

Այս նեղ հովտում, գետեզերքին, տեղ-տեղ բացվում են սիզավետ, կանաչ հարթ տարածություններ անտառի մեջ. դրանցից ամենամեծը կոչվում է «Արաղի ճալա»:

Սով էր տարին: Արաղի ճալեն շրջապատող անտառի բերանից՝ ներքևից դուրս եկավ մի փալանած ձի: Մարդ մինչև կարողանար մտածել, թե այս մենակ ձին կորած կամ փախած պետք է լինի, դուրս եկավ և տերը, գյուղացի Անդրին: Մի քանի քայլ հեռավորությամբ նա հետևում էր յուր ձիուն. որը տանում էր մեծ փալանի մեջ ձգած յուր տիրոջ հին չուխայի մնացորդները և մի դատարկ խուրջին: Անդրին ինքն էլ, յուր ձիու նման, բավական մաշված մի արարած էր, բայց նույնպես ջղոտ ու դիմացկուն: Աշխատասեր ու տոկան ռանչպար մարդ էր նա, և, թեև միշտ աղքատ, զվարթ բնավորության տեր ու սրախոս:

Այս տարի խեղճ մարդու հացը պակսեց դեռ ձմեռվա կիսին: Անդրին յուր հարևաններից փոխ առնելով, հարուստներին մուրհակ տալով յոլա գնաց, մինչև գարունը հասավ, կամ ավելի ճիշտ, մինչև այն օրը, երբ էլ ոչ ոքից հույս չուներ փոխ առնելու. շատերը չունեին, ոմանք վախենում էին իրանցն էլ հատնի, ոմանք էլ նրա թախանձանքին պատասխանում էին. «Ինչ որ տվել ենք՝

դեռ գնա էն բեր...»: Մի խոսքով՝ սովի ահարկու պոզերն արդեն երևում էին դատարկված հորերից:

Եվ ահա գարունը նոր բացված՝ Անդրին յուր Ղռաթի հետ (այսպես էր անվանում ձիուն) ճանապարհ ընկավ դեպի Շորագյալ, կամ, ինչպես իրանք են ասում, դեպի «վերև»:

Շատակեր Շարայի շատաբեր գավառը մոտիկ լեռնաբնակ հայերի միակ ապավենն է հացապակաս ժամանակներում: Լոռին, իբրև լեռնային երկիր, հաճախակի երկարատև անձրևներով հացը կտրում է, և գյուղացիք Անդրու նման ձին փալանում են՝ գնում Շորագյալ:

Անդրին մտազբաղ հետևում էր յուր ձիուն և ինքնիրան մտմտում.

«Կերթամ Շորագյալ, թո՛ւշ իմ ծանոթ Ղադաքոնց Մկոյի տունը... ինձ որ տեսնի, շատ կուրախանա՝ «Բարո՛վ, բարո՛վ, քավոր Անդրի... ո՞ւր ես, ծո, մարդ... իմա՞լ ես, ծո... մանչերդ իմա՞լ են...», խուրջինիցս էլ էն մի քանի դաստա «ղարա» թութունը որ հանեմ, ավելի կուրախանա... իրիկնահացիցը եղը օդի տախտի վրա թինկը կտանք ու չիբուխ քաշելով զրից կանենք... Կասեմ, որ մեր կողմերը հացի պակասություն ենք քաշում... ամա նա ինքը կիմանա, թե ընչի եմ գնացել. առաջին անգամը խո չի... ով գիտի ինձ չթողնի էլ, թե բերանս բաց անեմ, «ինչքան որ կարաս՝ ձիուդ բարձիր, Անդրի ախպեր, տար կեր, քեփ արա»: — Վա՛յ ես քեզ մատաղ, Մկո ջան...» — հանկարծ, զգացված Մկոյի ասելիք խոսքերից, լսելի ձայնով բացականչեց գյուղացին և քայլերը արագացրեց. ձայն տվեց և ձիուն, նրան էլ շտապեցրեց:

«Բաս ես ո՞նց դուրս գամ քու պարտքի տակիցը, Մկո ախպեր ջան, — շարունակեց նա, — էլ ի՞նչ ասեմ. ասելն ավելորդ ա. հալբաթ աշունքը կգա, ես գիտեմ... ես քո լավությունը մի ետ վճարեմ, որ... ես մաճկալ Անդրին եմ. ես ինձ վրա չեմ թողուլ ուրիշի լավությունը... հալա մի էս նեղ տարուցը պրծնեմ, քյուլփաթս սովամահից ազատեմ... ես գիտեմ, էլի...»:

— Բարի օր, ախպերացու, — հանկարծ մի ձայն եկավ ներքևից:

Յուր ցնորմունքից սթափվեց Անդրին և տեղնուտեղը իսկույն կանգնելով՝ ներքև նայեց: Ճամփու տակի աղբյուրի մոտ տեսավ մի սպիտակ չուխավոր մարդ: Անդրին իսկույն ճանաչեց, որ նա կռո է (շորագյալցի). միայն նրանք են սպիտակ չուխա հագնում, իսկ իրանց երկրում այդ ամոթ է:

Շորագյալցուց փոքր-ինչ հեռու նրա կինը թոկի ծայրը բռնած արածացնում էր իրանց ձին: Իսկ նրանց մանկահասակ աղջիկը գետեզերքին լվանում էր երեսը փոքրիկ եղբոր, որի ուրախ ճվճվոցը խլանում էր լեռնային գետի գոռոցի մեջ:

Շորագյալցին զարմացել էր Անդրուց, որ պելացել էր իրանց վրա, և տեսնելով յուր պատասխանն ուշանում է, կրկին ձայն տվեց. «Առաջ բարի, ախպերացու... ո՞րտեղանցի ես»:

«Թփոշու հե՜շշ», մարդուն պատասխանելու տեղ Անդրին կանչեց յուր ձիուն, որ հեռացել էր բավական: Հոգնած անասունը իսկույն կանգնեց և սկսեց արածել ճամփի կողքի կանաչը:

Երբ որ տեսավ ձին կանգնեց, Անդրին ճանապարհից դուրս եկավ, կանգնեց ներքի եզերքին և սկսեց բարձր գոռգոռալ, կարծես ուզում էր վախացնել անծանոթին:

— Աստծու բարին, բարեկամ, ո՞րտեղանցի ես, բարեկամ:

— Որթնավեցի եմ: Դու ո՞րտեղացի ես, ո՞ւր ես գնում, խեր ըլի, — յուր ձայնն էլ բարձրացրեց վերնեցին:

— Ես դսեղեցի եմ՝ էդ ո՞ւր ես տանում էդ օղլուշաղը:

— Ահ չիկա խու ճամփեքին:

— Չէ՜, արխեին գնա. ո՞ւր եք գնալու:

— Քարնջեցի Մատնանց Գիքորը ո՞նց ա, — փոխանակ պատասխանելու հարցրեց շիրակեցին:

— Լավ են, փառք աստծու:

— Նրանց տունն ենք գնում:

— Դու նրանց փեսեն ե՞ս:

— Հրամանք ես:

— Դու Գոքորն ե՞ս:

— Հրամանք ես:

— Ա՛յ տղա, էդ մեր Նազլուն ա՞:

— Հրամանք ես:

Խոսակցությունն այստեղ ընդհատեց Անդրին և լուռ հեռացավ. զնաց յուր ձին բերեց արձակեց գետափի խոտերում, մոտեցավ ճամփորդներին:

Առանց ձեռք տալու իրար բարևեցին և երեսները դեպի գետի կողմը՝ նստոտեցին երկու գյուղացիները:

— Բա դու ո՞վ ես, ամոթ չլնի հարցնելը, — դիմեց շիրակեցին:

— Որ ասեմ, կճանաչե՞ս:

— Բալքի ճանաչում եմ. ով գիտի:

— Ինձ մաճկալ Անդրի կասեն. ճանաչում ե՞ս:

— Չէ՛, ախպեր, սուտն ինչ ասեմ:

— Հա՛, տեսնում ես, չես ճանաչում, — հաղթական կերպով նկատեց Անդրին և ինքը հարցրեց:

— Բա ես որթնավեցի մի բարեկամ ունիմ, կճանաչե՞ս:

— Ո՞վ ա, հալբաթ որ կճանաչեմ:

— Ղաղաքոնց Մկոյին կճանաչե՞ս:

— Լա՛վ:

— Ո՞նց ա:

Հանկարծ մթնեց շիրակեցու դեմքը, կարծես թե նեղացավ:

— Ռանչպարը որ ուտելու հաց չունենա ոնց կըլի, — ծանր հառաչելով խոսաց նա և հոնքերը կիտեց, անթարթ նայելով մի հեռու կետի:

— Ո՞նց թե... հա՞ց չկա Շորագյալ, — սարսափելով բացականչեց լռեցին և չռած աչքերը սևեռեց Գոքորի դեմքին: Նրա աչքերում այդ րոպեին տխուր վրդովմունքով փայլատակում էր նրա հոգին:

— Ո՞վ կտա, — սրտաբեկ արտասանեց վերնեցին և կարճ լռությունից հետո ավելացրեց, առանց Անդրուն նայելու.

— Հրես կնիկս, երեխերքս հավաքել եմ, գամ անորս մոտ էս մի երկու ամիսն անցկացնեմ... մինչև տեսնենք աստոծ ինչ դուռը բաց կանի:

Անդրին չլսեց. նա դեռ ապշած էր Գոքորի դեմքին, «վեր կենամ սրան սպանեմ, կտոր-կտոր անեմ, — անցնում էր նրա մտքովը, — ո՞նց անեմ, որ սիրտս հովանա... սա էս ինչ ասաց»:

— Էդ ինչ ասեցիր... վա՜յ քու մեջքը կոտրի, — հանկարծ արթնածի նման գոչեց Անդրին, — ախր էդ ոնց էլավ:

— Էլավ, էլի, չորայինից հացը նվազ եկավ, էլած չելածն էլ ինչ մուշտարի եկավ ծախեցինք... ձմեռն էլ մեր քոռ բախտիցը երկարեց... մնացինք ձեռներուս ծոցներիս նստած... սատանի ծնունդները հոտիցն իմանում են, որ սով պետք է ընկնի, գալիս են լավ գին տալիս՝ տաշտի հացն էլ տանում... մենք էլ փողին թամահ ենք անում... ա՜յ շատ լավ էլա՜վ, մեր հախն ա... թող մի սոված կոտորվենք... — և երկուսն էլ լռեցին:

Այդ մի դառն և ծանր լռություն էր. և հուսահատությունը կամաց մոտենում էր նրանց սրտերին:

Հեշտ հուսահատվող մարդ չի գյուղացին: Նա լուռ ու մունջ գերի է կյանքի պատահմունքների և մշտապատրաստ զոհ բնության պատահարների. — մի ախտ հանկարծ կոտորում է նրա անասունը, կարկուտն է տանում արտը, մի արտասովոր շփոթ խլում նրա աշխատանքի ժամանակն ու արդյունքը... նա իրան սիրտ տալով կրկին նորոգում է յուր արորն ու գութանը և կրկին մտածում է ապրելու մասին: Ապրում է բոլոր տարին ցամաք հաց ուտելով, և այդ ցամաք հացն էլ հանկարծ կտրվում է:

— Բա հմի դու ո՞ւր ես գնում, — փորն ընկած ձայնով հարցվեց Անդրին:

— Ասեցի անորանցս տունն, էլի, — նույնպիսի ձայնով պատասխանեց Գոքորը:

— Ո՞ւր ես գնում... աներդ խանը ձեռին դռնեդուռը ման ա «գալիս, ալիր չի գտնում... մեր կողմերը սով ա, սո՛վ...

— Կամա՛ց... կիմանա, — դեպի կինն ակնարկելով ահով շշնջաց շիրակեցին և էլ ոչինչ չխոսաց:

«Ո՞ր կողմը գնամ, մտածում էր նա. ո՞ւր տանեմ կինս, էրեխաներս...»

«Վերադառնա՞մ... — մտածում էր լոռեցին. — բայց ինչ ասեմ կնոջս... բայց երեխաներս քաղցած առաջս կվազեն...»

— Քա՛ մթնում ա, — մի քանի անգամ արդեն Նազլուն ետևից մարդուն կանչել էր կիսաձայն: Նա հիշեցնում էր, որ ժամանակ է ճանապարհ ընկնելու:

Բայց մարդը ամաչում էր ետ մտիկ տալ, կնոջ երեսին նայել: «Ինչ պատասխան տամ սրան... որ կողմը գնամ», մտածում էր նա:

Եվ երկու գյուղացիները Ջամանլվի հովտում նստած մտածում էին:

— Գիտե՞ս ինչ կա, Գոքոր, — հանկարծ գլուխը վեր քաշելով խոսաց լոռեցին:

— Ի՞նչ կա:

— Մեր գեղումը մի հարուստ մարդ կա. Եգոր աղա են ասում, մի կատաղած շան տղա. էս բոպեին էլ ամբարներն ու հորերը լիքը հաց ունի: Ով որ նաղդ փող ա տալիս՝ թաղարը երեսուն մանեթով հաց ա տալիս, ով չէ՝ թամասուկ ա տալիս թաղարին քառասուն մանեթ, մանեթին էլ ամիսը տաս շահի կամ երեք աբասի շահ:

Պա՛հ, անիսափ մարդ, — բացականչեց կռոն, — նրանից, ո՞վ կվերցնի:

Տո՛, ես վերցնում էի, չտվեց, — շարունակեց Անդրին. — հմի գիտես ի՞նչ կա:

— Ի՞նչ կա:

— Դու ղոչաղ մարդ ե՞ս, թե չէ...

— Ինչ ասեմ, ախպեր... — և շվարած շիրակեցին չգիտեր ինչ պատասխան տա:

— Գիտես ի՞նչ կա, — խոսքը փոխեց Անդրին. տեսնելով, որ դժվարության մեջ է դրել խոսակցին:

— Ի՞նչ կա:

— Աստոծ վեր կունի, որ մի մարդի ամբար լիքը հաց ըլի, ու նրա հարևանը սովից մեռնի՞:

— Իսկի մարդն էլ չի էդ բանին հավանիլ, — համաձայնեց Գոքորը. — էդ անօրէնություն ա:

— Չէ՛. արի կարճ քեզ մի ուրիշ բան ասեմ:

— Մի բան ես ուզում ասես, սիրտ չես անում, խնամի Անդրի, — նկատեց շիրակեցին. — ինձանից արխեին կաց, ինձ չես ճանաչում դու:

— Որ քեզ մի քանի թաղար ցորեն տամ, կարո՞ղ ես հասցնել Շորագյալ, — վերջապես հայտնեց Անդրին:

Այս խոսքերի հետ Գոքորի սովից նվաղած աչքերը փայլատակեցին:

— Քանի՞ թաղար, — գոչեց նա ուրախացած, — տա՞սը... քսա՞ն... ե՞րբ կտաս... Եգոր աղի՞...

— Սո՛ւս, զոռզոռալ մի... — զգուշացրեց Անդրին, — ամա գիտես, ուրիշ մարդ չպետք է իմանա... գիշերով պետք է անցկացնենք... այ այս մոտիկ սարերով... — նա ձեռքը մեկնեց դիմացի սարերին:

Այդ րոպեին վերևից մի գոռոց բարձրացավ. «Ա՛յ տղերք, ո՞վ եք, հե՛յ»:

Մեր ծանոթները ցնցվեցին, և ետ նայելով տեսան վերևից մի ուրիշ Գրանցի է գալիս. նա գոռգոռալով ուշունց էր տալիս, թռչկոտում, վազում էր դեպի ցած:

Այս տարօրինակ ուրախ տրամադրությունը զարմացրեց գյուղացիներին. «ո՞վ պետք է լինի, այսպես ուրախ այս աղետի ժամանակ, երբ ժպիտը մեղք է համարվում, եթե միայն խելագար չի...», մտածում էին նրանք. կարծես նրանց կասկածն ավելի հաստատելու համար մոտեցողը բարձրացրեց յուր գլխարկը և հարբած քեֆ անողի նման սկսեց աղաղակել. «հե՛յ-հե՛յ»:

Գոքորն ու Անդրին, մերթ իրար երեսի նայելով, մերթ եկվորին, մնացել էին ապշած, թե այդ ինչ կնշանակեր:

— Ինչ կտաք, որ ասեմ, — մոտենալով աղաղակում էր նա, — ինչ եք տալիս, շան տղերք, որ ասեմ...

— Աղա, դու սովից խելքդ թռցրել ե՞ս, Համբո, էդ ի՞նչ ես անում, — ձայնը բարձրացրեց Անդրին մոտեցողին ճանաչելով:

— Դու ես խելքդ կորցրել, ախմա՛խ, — գոռաց Համբոն ու մի ահագին քար շպրտեց նրանց վրա: Գոքորն ու Անդրին մի կողմը փախան, և քարը թմփթմփալով մինչև գետը մեկ գնաց:

Կոռյի փոքրիկ «մանչը» վախից սկսեց ճչալով լաց լինել:

Ցուր քարից շատ չուշացավ Համբոն. կանգնեց երկու գյուղացիների առջև և դարձավ շիրակեցուն:

— Էս ձորում ի՞նչ ես շինում, տո սոված կոռ հարամզադա... ա՛յ ես ձեզ էլ դուրբան, ձեր հարսներին էլ... անումդ ի՞նչ ա... քանի՞ տարեկան ես...

Շորագյալցին գույնը թոցրած Համբոյի կամ ոտներին էր նայում կամ երեսին և ոչինչ չէր հասկանում նրանից:

— Սովն էլ չի էս շաշ ու գժերի հախիցը գալիս, — գլուխը պտտելով փնթփնթաց Անդրին և չիբուխը սկսեց լցնել:

— Ինչ սով, տո՛, ինչ ես դուրս տալիս գլխիցդ... հրես ֆուրգոններով էնքան ցորեն ա գալիս Ջալալօղլի, որ էս ձորերն ածես, կլցնի... գնա ձին բարձիր տար. էնքան կեր, կիսիցդ տրաքվես... Ի՞նչ ես կոտոփում բայղուշի նման... հլա փող էլ պտեն տալ, էն էլ չամչի տուր, ջերդ ածա:

— Ի՞նչ ես ասում, աղա, դրուստ բան ասա, բան իմանանք, — սրտատրոփ անհամբերությամբ հարցնում էին Գոքորն ու Անդրին. — ի՞նչ ցորեն, ի՞նչ փող, ի՞նչ ես ասում:

— Դե՛ իմացեք, էլի, թե մարդ եք, իմացեք, որտեղից կըլի:

— Հա՛, իմացա, — հանկարծ հիշեց Անդրին, — էդ էն կըլի... էն ինչն էն տարին մեր գեղական ամբարների ցորենը ծախել տվին, փողը տարան, ասեցին՝ որ սով ընկնի, ետ կտանք... ախր ես գիտեի, որ էդ կըլի:

— Տո՛, չէ՛, չէ՛, — ձեռն Անդրու աչքը կոխեց Համբոն, — Թիֆլիզ, Բաքի, Բաթում, Էրեվան, Պետրապոլ, Ստամբոլ... ես ինչ գիտեմ, մի խոսքով, որտեղ անունը հայ կա, էլի, իմացել են, որ մեր կողմերը սով ա ընկել՝ հաց են հավաքել, փող են հավաքել, գիտեմ ոչ քանի հազար թուման ասեցին, համբարքն էլ մտիցս ընկավ — ղարկում են, որ սովն ընկած տեղերը ռանչպարին բաժին անեն:

«Փառք քեզ, աստոծ, գյուղացու համար միտք անող, գեղացու դարդը քաշող էլ կա...», զարմացած, իրան-իրան խոսում էր կոռն, մինչդեռ Անդրին հարցուփորձ էր անում Համբոյին:

— Աղա, թե դու էն կազեթինն ես ասում, էն ինչ մի երկու շաբաթ առաջ տիրացու Պետրոսը Ջալալօղլի կարդաց, էդ պարապ բան ա, կազեթումը սուտ ու մուտ բաներ շատ են գրում:

— Ա՜յ տղա, չէ՛, չէ՛, մեր Վարթանը Թիփլիզիցը նոր ա եկել,

մարդն իրան աչքովը տեսած բան ա ասում... հմի ճամփին ֆուրգոններով ցորեն ա գալիս էլի, էսօր էգուց կհասնի Ջալալօղլի:

— Ա՛յ շեն կենան նրանք, հա՛, — սկսեցին օրհնել Գոքորն ու Անդրին:

— Էդ հլա Թիփլիզինն ա, — ոգևորված շարունակեց Համբոն, — դրա եղնուց Բաքվինն ա գալիս, նրանից եդը Բաթում, Էրեվան, Էջմիածին, Շուշի, Շամախի, Նուխի, Մոսկով...

Սով ու ցավ մոռացած գյուղացիները սրտախոր զգացված լսում էին Համբոյին և ամեն մի քաղաքի անունի հետ կարծես բարձրանում էին գետնից:

— Հաստատ ըլեն, հաստա՛տ, — հարբածի նման սկսեցին աղաղակել միասին, հենց որ լռեց Համբոն: Եվ հոգեզմայլ երկար աղոթում էին իրանց հարուստ եղբայրների հաջողության համար, օրհնում էին գիտեցած բոլոր օրհնանքներով:

Իսկ երբ որ ճանապարհ էին ընկնում, Անդրին մոտեցավ Գոքորին և կամաց փսփսաց. «Էն բանը, որ ասեցե, իմ ու քու մեջը մնա, քարը վեր կալ, քարի տակին դիր, օքմին չիմանա... Էլ մեր պետքը չի Եգոր աղի հարամ ցորենը... նալլաթ չար սատանին...»:

1893

ԱՂՔԱՏԻ ՊԱՏԻՎԸ

I

Ղ... գյուղաքաղաքում առանձնացած ապրում էր Սիմոն անունով մի բարի մարդ: Նա չէր խառնվում գյուղական գործերին. երևի գիտեր, որ իրան խոսքը չի ընդունվիլ, նրա համար էլ պոչն իրան էր քաշել:

Սիմոնը մի կարմիր կով ուներ, մին էլ՝ մի սիրուն կին. կինն էլ շատ սակավ էր պատահում, որ հարևանություն աներ դրացիների հետ. քաշվում էր հարուստ հարևաններից, գիտեր, որ յուր գնալ-գալը դուրեկան չէր նրանց համար: Եվ իսկապես, հարևանների դռներն ընկնելու կարիք էլ չունեին:

Սիմոնը չութի կամ գութանի ժամանակ ընկեր էր դառնում անասուն ունեցողի հետ, տանջվելն իրանից, անասունը, լծկանը հարևանից, և յուր հողերն էլ նրանցի հետ վարում: Երբեմն էլ պատ էր դնում, տախտակ էր քաշում, ձուկն էր բռնում մոտակա գետից-ծախում, և կարողանում էր թե չէ, ամեն բանի էլ ձեռքը զցում էր:

Դրա համար էլ ոչ լավ ձուկը բռնող էր, ոչ կարգին պատ դնող և ոչ մի բանում հայտնի չէր. միայն մի բան լավ գիտեր, որ լավ սրախոսում էր և ծիծաղալի առակներ էր պատմում: Այդ էլ վերագրում էին նրա խելքի պակասությանը, անունն էլ «շաշ Սիմոն» էին դրել:

«Մի անգամ մի գյուղում մնի համար պատ դրի, — պատմում էր նա յուր կյանքից, — գործս վերջացրի, ասեցի՝ դե փողս տվեք, գնում եմ: Եկան պատին մտիկ արին, ասեցին՝ «Ուստա, էս գշեր քու շինած պատի տակին քնի, առավոտը քու վարձն էլ տանք՝ մի բան էլ ավելի, վեր կաց գնա». համաձայնվեցի ոչ. վախեցի գշերը պատը վրես քանդվի... պատն էլ թողի, վարձս էլ, վեր կացա եկա մեր տունը»:

Բայց խո ամեն մարդ այսպիսի պայման չէր կապում ուստա Սիմոնի հետ: Շատ մարդ էլ հենց նրա զվարճախոսությունների ու առակների համար դեռ վարձիցը մի բան էլ ավել էր տալիս: Եվ իրանց աղքատության մեջ ուրախ ապրում էին մարդ ու կին:

Այս մի փոքրիկ ուրախություն էր, որ ավելի շուտ բխում էր Սիմոնի սրտից, քան թե ունեցածից. բայց մարդիկ սրան էլ էին նախանձում:

— Ախպե՛ր, մենք էսքան չարչարվում ենք, մեզ համար ապրանք ունենք, դուքան ունենք, առուտուր ունենք... է՛լ չենք կարողանում ծերը ծերին հասցնենք, սա էս ո՞նց ա ապրում. — ոչ ջեբումը կապեկ ունի, ոչ դռանը չորսոտնանի, ոչ գլխումը խելք...

Այսպես նախանձում ու զարմանում էին համագյուղացիք, հարևանները Սիմոնի ապրուստի վրա և միշտ էլ «շաշ» էին անվանում:

— Շաշ Սիմոնի թայն էլ չկաս, — նախատում էին կանայք իրանց ամուսիններին, — տարենը երկու-երեք թազա լեհին (դերիա) ա հագցնում իրան էն անբան կնգանը.... թողում չի բոբիկ ոտը գետին տենի...

— Դե նրա կնիկն էլ սիրուն ա, քու թայը խո չի, — կես լուրջ, կես հանաք նկատում էր մարդն յուր բարկացած կնոջն ու հեռանում:

Հիրավի, Սիմոնի կնոջ գեղեցկությունը մի երկնային պարգև էր, որ բաժին էր ընկել աղքատին: Նա մի բուրալի, չքեղ շուշան էր, որ դուրս է գալիս հաճախ մի հասարակ մացառի, մի փոքրիկ թփի տակ, և զվարթ ծաղկում է, ժպտում, առանց մտքովն անցկացնելու, թե քուրդը[1] բուսել է վճիտ ջրերի ափին, կամ զանգակածաղիկը փայփայված է բուրաստանում. նրան միայն մի փոքր լույս, մի փոքր արևի շող է հարկավոր...

Ես մոռացել եմ այն պարկեշտ, ամոթխած սիրունի անունը, բայց գյուղացիք նրա ավել անունն էլ դրել էին «Եղապատառ»:

---

[1] Մի հասարակ, անհոտ ծաղիկ է:

Գյուղի ջահելները աչք էին տնկել այս կնոջ վերա: Քանի անգամ զանգատվել էր նա մարդուն, թե՝ աղբրամը ջուր լցնելիս Ղազոյանց Գալուստը աչքերին խոր մտիկ տվեց ու ասաց «ուխա՛յ»... Վարթումանց Փիլոսը իրանց դռնովն անց կենալիս աչքով արավ... Միրզանց Առաքելը ճանապարհին «դաստի» դիպավ իրան...

— Պտղատու ծառին շատ քար կզցեն... էդ ամեն կնգա էլ կպատահի, սիրտդ կոտրիլ մի, ես էլ եմ շատերին աչքով արել, — հանաք անելով կնոջը պատասխանում էր ուստեն:

Բայց, այսուամենայնիվ, թեկուզ հենց մենակ չմնալու, չվախենալու համար, որովհետև պատղիր, խզարչի, ձկնորս և այլն, Սիմոնը հաճախ գյուղից հեռանում, ուրիշ տեղ էր մնում– իրանց հարևան դարբին Ակոփի փոքրիկ աղջիկը գիշերները Սիմոնի կնկա մոտ էր քնում:

Գիշերները երկա՛ր հեքիաթ էր ասում Սիմոնի կինը յուր փոքրիկ ընկերուհու, ութ-տաս տարեկան Մարուշի համար (այսպես էր հարևանի աղջկա անունը) «Զմռուխտ դուշի» հեքիաթն էր ասում, կամ պատմում էր, թե ինչպես մայրը յուր յոթը խորթ աղջիկներին ձգեց հորը և ջաղացաքարը դրեց բերանին, իսկ նրանք օրը մի չամիչ գտան, ապրեցին ու փորելով, փորելով հասան մի ստորերկրյա զարմանալի աշխարհ... և կամ թե «Լիս ու մութ աշխարքների» մասին էր պատմում, մինչև երկուսն էլ քնում էին:

II

Ահա ուստա Սիմոնի սպիտակ տնակը՝ մենակ, առանձնացած, երկու լուսամուտի փեղկերն էլ փակած, երևում է պարտեզի մի քանի ծառերի ետևից: Գիշերը խաղաղ է, ինչպես քունը, և կախարդիչ, քան երազ: Կարծես թե այս գիշերն էլ արևելյան մի հի՛ն-հի՛ն հեքիաթ լինի...

Երկու հոգի այս պահուն ծառերի տակովն անցան... մոտեցան Սիմոնի դռանը:

Թե ինչ էին անում նրանք, դժվար էր ասել, միայն շուտով ետ

բացվեց դուռը շրըխկալով, և երբ բացվեց, ներսից պարզ լսվեց մի սուր ճիչ, որ իսկույն լռեց, և մի կանացի ձայն միաժամանակ աղաղակեց՝ «ո՞վ եք, ի՞նչ եք ուզում... ո՞վ եք, ո՞վ, ո՞վ...»: Դուռը շուտ փակվեց, ձայնը խլացավ, բոլորովին կտրվեց:

Այդ գիշեր ուստա Սիմոնը գնացել էր մոտիկ գյուղը, կարծեմ փուռը շինելու, և, երևի, խորը քնած, մի վատ երազ էր տեսնում յուր տան գլխին:

III

Գյուղական դատարանում ուստա Սիմոնի զանգատը լսելուց հետո ոմանք հանդիմանելով, ոմանք թքելով, մի քանիսը բարկանալով խորհուրդ տվին, որ ձեռք քաշի «կեղտոտ բանից»:

— Թե որ կեղտոտ բանն ուզում չեք, դե դատաստան արեք, թե չէ՝ ես իմ ձեռովը կանեմ... — գոռում էր ուստա Սիմոնը և կարմրած աչքերը քիչ էր մնում դուրս թափվեին բներից: Նրա կողքին հեկեկում էր փոքրիկ Մարուշը:

— Հա՛, անզաճը կկտրես, էլի, — ձայն տվին չորս կողմից և ծիծաղելով նայեցին մեղադրյալին:

Սա գյուղի հայտնի լոթիներից մեկը՝ Սանդրոն էր: Մահուդ չուխայով, երկայնաճիտ, բարձրակրունկ կոշիկները հագին, ֆուրաշկան մի ականջի վրա թեքած, կարմիր բաղդադին վզովը ձգած, մի կողմ կանգնած, նա ժպտում էր ուստա Սիմոնի և նրա բարկության վրա: Հերոսին շրջապատել էին յուր ընկերներից մի քանիսը, որոնք եկել էին դատին ներկա լինելու:

— Կսպանե՛մ, ետո պատասխանը դուք կտաք, — բարձրաձայն սպառնում էր Սիմոնը, տեսնելով, որ դատարանն անուշադիր է յուր բողոքին:

— Սպանող ես՝ քու կնիկը պահի, շաշ գետինը մտած, — ձայն տվեց մեկը, և սրան հետևեց ընդհանուր ծիծաղ:

— Սպանիլ մի՛, ուստա Սիմոն ջան, մեղք ա, մուրազի վրա ջահել ա, — հեգնեց մի ուրիշը՝ նոր հռհռոց բարձրացնելով:

Այնտեղ տանուտերը մերթ ծիծաղելով ու հանաքներով, մերթ սպառնալով ու բարկանալով ստիպում էր Սիմոնին, որ ձեռք քաշի «կեղտոտ բանից». բայց այդ չէր հաջողվում:

— Ես ասում եմ, որ արին պետք է անեմ... հիմի էս ա, որ ասում եմ... — իբրև հաստատ որոշում շուտ-շուտ կրկնում էր Սիմոնը, սակայն բոլորն էլ գիտեին, որ նա արյուն անող մարդ չի:

Սանդրոյի ընկերներից մեկը պատի տակը քաշեց տանուտերին, ականջումը մի բան փսփսաց. տանուտերն էլ Սիմոնին մի կողմ քաշեց՝ ականջումը փսփսաց.

— Չեմ ուզում, — նրա ձեռքից ազատվելով գոռաց ուստեն, — չեմ ուզում:

— Դե՛ որ չես ուզում, վկաներդ բեր, գործը շարունակում եմ, — դեմքը թթվացնելով ասաց տանուտերը և պաշտոնական դիրք ընդունեց:

Սիմոնը չվախեցավ:

— Ա՛յ վկա, — համարձակ ցույց տվեց Մարուշին:

— Դա երեխա ա, երեխի վկայությունը զակոնը չի ընդունում:

— Իմ կնիկը ճանաչել ա, — իսկույն վրա բերեց ուստեն:

— Քու կնիկը շատ կարելի ա սուտ ա ասում, զակոնը առանց ֆակտի, զանգատավորի խոսքին չի հավատում, — կրկին խիստ ու կոպիտ մերժեց տանուտերը:

Սիմոնը հաստատությենից ու կատաղությենից քիչ էր մնամ վրա թռչեր, խեղդեր յուր երեսին սառն հանդարտությամբ նայող տանուտերին, բայց, իրան զսպելով, հարցրեց.

— Բաս էս ո՞նց պըտի ըլիլ...

— Էնհենց պըտի ըլիլ, որ դրուստն իմանալու համար ես պետք է քննություն անեմ, պետք է քու կնգանը տանեմ դոխտուրի մոտ, որ դոխտուրը քննի...

Սիմոնը մնաց դիք կանգնած, արյանը գլուխը տվեց, ականջները տժժացին. նա չէր իմանում, թե որտեղ է կանգնած. չար մտքերն արդեն խռնվում էին նրա գլխում...

— Աղա, գնացեք սրա կնգանը բերեք, — հրամայեց տանուտերը և մի աղմուկ ընկավ: Ոմանք տանուտերին էին խնդրում. ոմանք գնացողներին էին բռնում, ոմանք էլ Սիմոնի հետ էին կռվում յուր «շաշության» համար, որ բանն այստեղ հասցրեց, և աշխատում էին համոզել, որ գոնե այժմ ետ կանգնի խայտառակությունից: Փոքրիկ Մարաշը կպել էր Սիմոնի փեշերին և յուր վախեցած աչքերով մե՛կ խոսողների երեսին էր նայում, մե՛կ՝ Սիմոնի:

Այս ժամանակ դատարանի լուսը մթնեց, և յուր ահագին գայլենի քուրքը ներս բերեց գյուղի հարուստներից մեկը՝ Պետրոս աղեն:

— Ի՞նչ խաբար ա, ի՞նչ եք ղալմաղալ անում, — ծանր-ծանր հարցրեց աղեն:

Եվ բոլոր պատմությունը, թեպետ հայտնի էր իրան, ուշադիր լսեց, իբրև թե նոր էր իմանում:

Գլուխը պտտելով, խոր հառաչեց գյուղի հայրը և խորհրդավոր ձայնով դարձավ շուրջը. գետինը մտե՛ք... ձեններուդ կտրեցե՛ք, անաբուռներ, աննամուսնե՛ր...

Այս խոսքերն այնպիսի ազդու կերպով արտասանեց, որ բոլորն էլ գլուխները կախ արին, և եթե մի օտար մարդ լիներ, կկարծեր, թե ամաչեցին:

— Սրան մտիկ արեք, սրա՛ն, — գլուխը վեր քաշելով, ձեռքը դեպի Սիմոնը մեկնեց աղեն — օղլուշաղի անունը բերել ա գցել գեղամեջ...

— Բա սուս կենա՞մ... նամուսս գետինն եք կոխել... բա սուս կենա՞մ... — գոռալով ընդհատեց ուստա Սիմոնը:

— Բաս ի՞նչ կանես, որ սուս չես կենալ...

— «Ի՞նչ կանե՛մ...», արին կանեմ, արի՛ն...

— Ա՜յ տղա, դեռ կանգնած ե՞ք, էս րոպեիս գնացեք, սրա կնգանը բերեք, — տեղիցը վեր թռավ տանուտերը:

— Կացե՛ք, — աչքերը չռեց աղեն, և նորից աղմուկն ընկավ. Այս ժամանակ տանուտերն ու Պետրոս աղեն իրար մի քանի խոսք ասացին:

— Սո՜ւս կացեք, — ձայն տվեց աղեն, — ի՞նչ եք գործան ժամատուն շինել... Սանդրո՛, էստեղ արի:

Սանդրոն մոտեցավ:

— Մի հինգ մանեթ հանիր էստեղ:

— Ախար զուր ա, է՛, աղա:

— Ես քեզ ասում եմ, հանի՛ր:

— Ախար զուր ընչի՛ հանեմ:

— Ես քեզ ասում եմ զո՛ւր հանիր, — բարկացած հրամայեց աղեն:

Սանդրոն, քթի տակը ժպտալով, մի հնգանոց հանեց, տվեց աղին և ուզում էր հեռանալ:

— Կա՜ց, ո՞ւր ես գնում... դու էլ էստեղ արի, Սիմոն:

— Գալ չեմ, էդ խելքից հեռու բան ա... ես իմ նամուսը փողով չեմ առել, որ փողով էլ ծախեմ:

— Էստեղ մո՛տիկ արի:

— Ասեցի, որ գալ չեմ:

— Դե գնացեք, ասեցի... ես էստեղ խաղ չեմ անում... Շուտ գնացեք, սրա կնգանը բերեք, — կրկին մեջ ընկավ տանուտերը:

— Կացե՛ք, դեռ չգնաք... Սիմո՛ն, քեզ ասում եմ էստեղ արի:

— Առաջ գնա, է՛լի, — խառնիխուռն աղաղակում էին այս ու այն կողմից:

— Գնա բարըշի, հինգ մանեթն առ, է՛լի...

— Տո շաշ, գնա, մուֆթա փող ա, առ, ջերդ դիր. մի տարի որ տանջվես, պատ դնես, էդքան աշխատիլ չես...

— Կասես թե մենձ բան ա էլել... առաջ գնա՛... Աղաղակելով, շշկլացնելով ու հրելով առաջ բերին Սիմոնին, մոտեցրին Սանդրոյին. աղեն նրանց ձեռք ձեռքի տվեց, հնգանոցը կոխեց Սիմոնի բուռն ու գոռաց — «պռոշտի՛»:

— Պռոշտի՛, պռոշտի՛, — աղաղակեցին գյուղացիք: Սիմոնն անզգայաբար գլուխն առաջ ծռեց...

Անո՛ւշ, անո՛ւշ, — ձայն տվին գյուղացիք:

Հաշտությունը կայացավ... Երբ որ սկսեցին արդեն ուրիշ բաներից խոսալ, Սիմոնն աննկատելի կերպով, փոքրիկ Մարաշի ձեռքը բռնած, էնպես թաքուն դուրս եկավ դատարանից, որ ոչ ոք չնկատի...

1894

ԼԵՌՆԵՐԻ ՀՈՎԻՎԸ

Լեռնե՛ր... բարձր ու կանաչ լեռներ, դուք հայրենիքն ու գահը զով զեփյուռների, անուշաբույր ծաղիկների, սուրբ ցողերի ու շաղերի, անմահական սառն աղբյուրների, սև-սև ամպերի, հրեղեն կայծակների, ջրեղեն տարափների... Դո՛ւք– մոտիկ աստծուն, աստղերին, լուսնին, երկնային շնորհիքներին ու գաղտնիքներին, վեհ ու վեհապանծ լեռներ...

Եվ ո՞վ է հողեղեններից այնքան ձեզ նման հպարտ, հզոր, վեհանձն ու մաքուր, որքան ձեր հարազատ որդեգիրը, ձեր մրրիկների ու զեփյուռների, ծաղիկների ու կայծակների ծնունդը, ձեր պահած ու փայփայած հովիվը:

Լեռների հովի՛վը. անծանոթ ու խորթ կյանքի սրտամաշ հառաչանքներին, գետնաքարշ արարքներին, հացկատակ խաղերին ու տաղերին, հպարտ ու զվարթ, որպես այդ ձեր վայրենի ծաղիկները:

Բայց ձեր վայրենի ծաղիկներն էլ իրանց բայրով-հրապայրով ընկնում են ծանր ու կոպիտ ոտների տակ և ապականվում, ցեխ դառնում:

Քաղաքում, բարձրահարկ տան բակում՝ յուր սրինգն ածում ու պար էր գալիս մի բարձրահասակ, թիկնավետ երիտասարդ: Նրա հագին բազմատարազ շորերի ցնցոտիներ էին, գլխին՝ ծանր քրդի քոլոզ:

Զվարթ էր նրա հովվական սրնգի ձայնը, ուրախ էր պարի եղանակը, աշխույժ էր և պարը, միայն տխուր էին թուխ, կրակոտ աչքերը, որ երբեմնակի նայում էին վերև: Նրանք երբեմնակի նայում էին վերև, երևի տեսնելու, թե օքմի՞ն կա պատշգամբներում, թե չէ. նայում էին, սակայն չէին աղերսում...

Տխուր էր և նրա առնական դեմքը յուր շիկասև նորածիլ շրջանակի մեջ, ուր նշանավոր էին արծվի քիթն և ուռած շրթունքները: Եվ նա ինքն ամբողջ մի մարմնացած վայրենի վիշտ էր, բայց յուր սրինգն ածում ու պար էր գալիս:

Նրա հնամաշ շորերի ձորձերը թռչկոտելով դիպչում էին բարձր ազդրերին ու բաց սրունքներին, հորինելով մի ծիծաղաշարժ տեսարան, որ սաստիկ վիրավորում էր նրա հզոր կերպարանքն ու դառն տխրությունը:

— Քո՛ւրդը, քո՛ւրդը... — աղաղակեցին երեխաները, և տանըցիք նոր ճաշերն ավարտած, թմփթմփալով սրնգի ձայնին դուրս եկան պատշգամբը, նայելու աղքատ քուրդին:

Ավելի ոգևորված՝ քուրդը կրկնապատկեց եռանդը, աշխատում էր ցույց տալ յուր բոլոր շնորհքը զանազան ծամածռություններ ու խեղկատակություններ անելով... Եվ նա հասնում էր յուր նպատակին. վերևից հրճվում, ուրախ կրկչում էին:

Բայց նրանցից ոչ ոք չէր մտածում, թե ինչու ինքը՝ պարողը չի ուրախանում, ինչու մենակ նա է տխուր...

Եվ ի՞նչ կավելանար աղքատ քրդին, եթե մեկն այդ հարցներ: Նրան մի քանի կոպեկ սև փող էր հարկավոր, առավ դուրս եկավ:

Մտավ ուրիշ բակ:

Պատրաստվում էր դարձյալ յուր պարն սկսելու, երբ մեկը հարցրեց.

— Ո՞րտեղացի ես, տղա՛:

— Սասունիցն, աղա:

— Հապա ո՞ւր ես եկել:

— Ես չոբան էի, աղա. թուրքեր մեր գեղ քանդեցին... իմ ոչխար լե թալլեցին...

Նա բաց արավ կռան տակը, որտեղ երևում էր խանչալի տված լայն վերքի սպին, քոլոզը վերցրեց, ցույց տվեց գլխի պատռվածը, երևի դրանով ուզում էր ասել, թե հեշտ չի տեղի տվել, թշնամուն, և դարձյալ ծածկելով՝ սկսեց յուր սրինգն ածելու պարել:

— Где это Сасун, папа? — հորը փարելով հարցրեց օրիորդը:

— Это там... далеко, — ձեռը թափ տալով, իբրև պատասխանեց հայրը և շարունակեց «ղնջոտալով» նայել աղքատ սրնգահարին, որ, զանազան ոստումներ ու ծամածռություններ անելով, պար էր գալիս ներքև՝ բակում:

Զվարթ էր նրա սրնգի ձայնը, պարի եղանակը, աշխույժ էր և պարը, միայն տխուր էին նրա թուխ, կրակոտ աչքերը, որ երբեմնակի նայում էին վերև...

Եվ այսպես պար էր գալիս հայրենիքից հալածված, ոչխարը խլած Սասունի լեռների հովիվը: Նրա հնամաշ շորերի ձորձերը թռչկոտելով դիպչում էին բարձր ազդրերին ու բաց սրունքներին, հորինելով մի ցավալի տեսարան:

ՔԱՋԵՐԻ ԿՅԱՆՔԻՑ

«...Քաջ լոռեցիք էլ որ իմացան, էլ դինջություն չունեին, սրանք էլ էին ուզում նրանց իրանց մեջը բերեն, պատիվ տան: Մեկ ամսաչափ էլ էստեղ մնաց (Աղասին)...»

«Վերք Հայաստանի»

I

182... թվականին բացվեց Երևանի պատերազմը: Ռուսաց զորքը դեռ չէր հասել պատերազմի բեմը, և սանձարձակ պարսիկներն ասպատակելով, կողոպտելով Շիրակը, Փամբակն ու Աբարանը, առաջ էին գալիս:

Հասան խանի խաժամուժ հրոսակներն արդեն Խըլղարաքիլիսեն քանդել, Ղշլաղը կրակել, Մեծ Ղարաքիլիսեն ավերել, ռուսաց սակավաթիվ զորքը ջարդել, Լոռու ձորերի բերանն էին հասել:

Նրանց առաջից փախչում էր զարհուրած հայոց ժողովուրդը. փախչում էր ամեն բան թողած, յուր չոր գլուխն առած, որ ետևից եկող թշնամուց ու մահից պատսպարվելու մի տեղ գտնի:

Պարսիկների այս բարբարոսական շարժումը ոգևորեց, ոտի կանգնեցրեց իրանց կրոնակից Ղազախ–Բորչալվի թուրք ցեղերին, ուր դեռ չէր հասել Հասան խանը: Այս կողմերից էլ հալածվեցան, տեղից ու գեղից պոկ եկան, փախստական դարձան հայերը, և Փամբակ, Շորագյալ, Աբարան, Ղազախ, Բորչալու տակնուվրա եղան, դատարկվեցան մի քանի օրում:

Այս բոլոր հալածականներն ամեն կողմից փախչում-թափվում էին Լոռու ամուր ձորերը, մինչև կհասնեին Դսեղ:

II

Դսեղը յուր անառիկ ու չքնաղ դիրքով նման է մի բնակերտ ամրոցի: Նրա փոքրիկ հարթավայրը շրջափակված ու ամրացած է հարավից անտառապատ սարերով, իսկ մնացած երեք կողմից՝ խոր ձորերով:

Նրա հանդի սահմանները հարավից սկսվում են հովասուն, բարձր լեռներով, հյուսիսում վերջանում անդնդախոր ձորերով: Նրա հարավային սահմանում՝ Քոշաքարի ժեռատ կատարին թռչկոտում է քոշը և բուսնում ղանձիլ, իսկ հյուսիսում՝ Ձաղի ձորում՝ ապրում է կարիճ և հասնում խաղող:

Այս երկու սահմանների մեջ կան թանձրախիտ, կուսական անտառներ, որ կացնի ձայն չեն լսած, ուր ծառերի փչակներում բուն է դնում մեղուն, թալաներում ապահով վխտում են երեները, մոռուտներում ինքնիշխան թագավորում է արջը, և շամբուտներում հանգիստ ապրում է վարազը: Կան ժայռեր, ուր բուն է դնում արծիվը և թռչկոտում այծյամը...

Բայց մենակ հրաշալի բնության համար չեն խելոք ճանապարհորդներն այս գյուղը կոչել «փոքրիկ Զեյթուն», կամ դիրքի ամրությունը չէր պատճառը, որ թշնամու ոտքը չէր ծեծում այստեղ:

Հին ժամանակներից ի վեր Դսեղը պարծեցել է յուր քաջերով: Առած է դարձել, թե «Դսեղա իգիթների անունը Դաղստան է հասել»:

Դսեղա ձորերը լիքն են ավերակ տնակներով: Այդ բոլորը ժամանակավոր բնակարան ու օթևան են եղել զանազան տեղերի ժողովուրդների, որ ահ ու փախի ժամանակ ապաստանել են այս տեղերը, մինչև անցել է երկյուղն ու թշնամին:

Այս այն Դսեղն է, որ մեծազոր Մամիկոնյանները, Արշակունյաց փառքի վերջալույսին, երեսուն տարի ևս մեն-մենակ հաղթանակներով ճակատ ճակատի զարկելով պարսիկների ու արաբների հետ, ձանձրացած, X դարում թողին իրանց հայրենի սրբազան Տարոնը, եկան բնակվեցին այստեղ:

Դեռ մնում են նրանց շիրիմները, նրանց կանգնած խաչարձաններն ու մատուռները, դեռ մնում է նրանց կառուցած ճերմակ տաճարը-Բարձրաքաշ սուրբ Գրիգորի վանքը, և դեռ կանգուն Միրուն Խաչի վրա կարդացվում է «Յիշխանութեան տանն Մամիկոնեան...»:

Դեռ ժողովուրդն ավանդորեն պատմում է, թե այստեղ ապրեցին այն լավերը, այստեղ կռվեցին և այստեղ մեռան.

III

Ինչպես դրդին հանկարծ վրա է տալիս և ճնճղուկները ահաբեկված այս ու այն կողմից փախչում-լցվում են մի թփի մեջ, որ ազատվեն, ինչպես ուրուրը պտտվում է երկնքում և հավի ճուտերը լեղապատառ հավաքվում են մոր թևի տակը, — այնպես էր Հասան խանի ահից հալածված՝ Փամբակա, Շորագյալի, Աբարանու, Ղազախու, Բորչալվի, Լոռու ժողովուրդը փախել, լցվել Դսեղա ձորը:

Դսեղցի Օվագիմ յուզբաշին, քառասուն աժդահա տղամարդ հետն առած, անքուն, անդադար ոտի տակ էր տալիս Միսի բերդից մինչև Հաղբատ — Սանահին, Լոռու ձորերի մի ծայրից մինչև մյուսը, թևատարած արծվի նման պտտվում էր յուր ձորերի գլխին և սիրտ էր տալիս քարանձավներում, քարափների տակ կուչ եկած, իրան թևի տակը մտած ժողովուրդներին:

— Վա՛խիլ միք, — սրտապնդում էր նա, — քա՞նի գլխանի կըլի էն ղզլբաշը, էն դուշմանը, որ էս ձորերը ոտ կոխի... բաս էլ ընչի համար ենք մեր գլխին տղամարդի գդակ դնում, էլ ընչի համար ենք թուր ու թվանք վեր անում...

Իրա նման էին և իրա բոլոր ընկերները: Հասան խանի չափաուլները — ասպատակները առաջին անգամ սրան պատահեցին Գյուլլադազանա կիրճում, Լոռու ձորերի նեղ բերանում, և գլուխները կորցրած ետ նահանջեցին. երկրորդ անգամ ջարդվեցին Շահալվի ձորում, որը մինչև օրս էլ «Կռվատեղ» է կոչվում, իսկ երրորդ անգամ Հնեվանա ձորում քանդած Ուզունլարի թալանը խլել տվեցին գիշերով:

Այսպես անպարտելի կռվում էր, մի նոր զայլ Վահանի նման, այս «Լոռու ձորերի աստվածը» յուր առյուծ ընկերներով:

IV

Ծերունի Մեհրաբը, Օվազիմի հայրը, Լոռու ձորերի նահապետը, ըսկի չէր էլ մտածում, թե հարյուր տարին անց է կացրել: Նրա վիթխարի, բարձր հասակը կորացել էր, նորից ամրացել ճերմակ մազ ու միրուքը բռնել կուրծք ու երես, և աժդահայի ահավորության հետ խառնել, միացրել ծերության պատկառանքը:

Թշնամու անունը նոր ույժ ու եռանդ տվեց նրան, որդու և յուրայինների սխրագործությունները նոր սիրտ, նոր ուրախություն, և, մինչդեռ աշխարքը լողում էր արյան ծովում, այս ծեր արծիվը, յուր ժայռերի գլխին նստած, թշնամու վրա ծիծաղում ու իրանց պապերիցն էր պատմում:

— Մեր պապերն էս թավուր մարդիկ են էլել, — ասում էր նա, — մենք նրանց թոռներն ենք, նրանց սիրտն ու նրանց արինն ունենք... Ղուշն իրան թևովը, օձն իրան պորտովը — թշնամի անունով չպետք է մեր ձորերովն անց կենա: Մեր ճամփեքը թշնամու համար փակ ու կապ պետք է լինեն. — մեր տան դուռն ու մեր սիրտը բարեկամի համար ա բաց... Նամարդի համար մենք թուր ու թվանք ունենք, տղամարդի համար՝ աղուհաց...

V

Այս ժամանակներում ամեն մի քաջ տղամարդի համբավ ու գործ կայծակի արագությամբ տարածվում էր երկրե-երկիր, բերանե-բերան: Սաստիկ ճնշումն ու հալածանքը կատաղեցրեց, դուրս կանչեց ժողովրդի քաջերին, և ամեն տեղ հոգով արի տղամարդը մռնչաց, աղաղակեց, զենք առավ, սուր բարձրացրեց ղզլբաշի դեմ: Տառապած, պաշտպանության կարոտ ժողովուրդը ոգևորությամբ նկատում ու հռչակում է այս սակավաթիվ հերոսներին:

Փամբակը, Շորագյալի, Աբարանու փախածներից ով գալիս, Քանաքեռցի Աղասու գովասանքն էր բերում հետը: — «Աղասին, իգիթ Աղասին... ղզլբաշի հոգին հանեց... քրդի արյունով քար ու հող լվաց Աղասին... Ալագյազու վրա պատահեց– հաղթեց... Անի քաղաքում կռվեց–կոտորեց Աղասին... Մի տեղ առաջը կտրեցին, — ջարդեց անցավ Աղասին... Մի տեղ ուզեցին բռնել, փշրեց փախավ Աղասին...»:

Այս լուրը ոգևորեց Դսեղա իգիթներին և հայտնեցին Մեհրաբ յուզբաշուն:

— «Աֆֆարի՛մ իգիթ, — բացականչեց հիացած ծերունին Աղասու պատմությունը լսելուց հետո. — որտեղ որ լինի, մի բերե՛ք տեսնեմ, ճակատիցը պաչեմ, քանի չեմ մեռել»:

Եվ կատարվեցավ ծերունու իղձը:

VI

Աղասին Ղարաքիլիսու սարերից հրավիրված էր Դսեղ:

Հին սովորությամբ անվանի հյուրի պատվին, ինչպես Աղասին էր, խաղեր, հանդեսներ էին սարքվում: Ջիրիդ (ձիարշավ) էին խաղում «ղոնախի» հետ, թագավորաորս էին անում, և ուրիշ դյուցազնական խաղեր էին հորինում: Բացի պատիվը, դրա մեջ կար և մի ուրիշ միտք. — այդ հանդեսներում ճանաչում էին իրանց «ղոնախին», թե ինչ շնորհքի տեր մարդ է նա:

Մարդիկ էր ուղարկել ուրախացած Մեհրաբ յուզբաշին և շրջակա տեղերի հայտնի քաջերին հրավիրել, հավաքել Դսեղ: Եկել էր Ճոճկանեցի Խուդին, որ աւլանի սիրտ ուներ, Գյուլլուբաղցի Դոնղուզ Ղռանը, որ լեզզու արյուն էր խմում, Արդվեցի լեզգի Պետոն, որ մազը մազից ջոկում էր գյուլլով, Սանահնեցի Արութինը, որ ձին աստղերի հետ էր խաղացնում, Շնողնեցի վիթխարի Վերանը, Հաղբատեցի աժդահա Պրանը և ուրիշ անվանի քաջ մարդիկ: Եկել էին և զանազան տեղերից փախած ժողովուրդների մեծերն ու տանուտերերը:

Այս բոլորին հավաքել էր Մեհրաբ յուզբաշին Աղասու պատվին լինելիք խնջույքն ու հանդեսը փառավոր անելու համար:

Սրա համար էր, որ առավոտը վաղ Մեհրաբ յուզբաշու ծաղրածու Ղազոն, որ միևնույն ժամանակ լավ քարազնաց էր, կատվի նման մագլցելով բարձրացավ, յուզբաշու տան դիմացը, մի բարձր խոտի չարդախի աջի ծայրին ամրացրեց մի ընկույզ:

Ժողովուրդը հավաքվել, դառն ու կտուր բռնել, թամաշավոր էր կանգնել:

Դուրս եկան տանից հրացանավորները, և արծաթաքանդ հրացանները փայլատակեցին արևի շողերից:

— Էդ ինչ եքքա (ահազին) նշան ես դրել, է՛յ Ղազո, քարով տալու համար խո չի... — զվարճախոսելով ու նշանն արհամարհելով առաջ անցավ ծերունի Մեհրաբը: Բոլորը հանկարծ լռեցին. ծիծաղ ու աղմուկ դադարեց, շունչները պահած ընկույզին էին նայում:

Հրացանը որոտաց, ընկույզը կորավ:

— Ո՞նց էր, — կրծքին զարկելով ետ դարձավ ծերունին. — չըլնի թե միրքիս եք մտիկ անում, էս շատ մածուն ուտելուց ա սիպտակել. բա՛ս դուք ի՞նչ եք մտածում... դե՛հ, առաջ արի մի հունարդ տեսնեմ, հենց արա չամաչես իմ ծերությունից, — և հրացանը տվեց Աղասուն:

Նորից բարձրացավ Ղազոն, նոր նշան դրեց, բայց դեռ չէր իջել աջից, որ Աղասու գնդակը նշանը թռցրեց: Այդպես և մյուսները:

— Էդ չելավ, ես դրան թվանք չեմ զցիլ... տարեք հեռու մի խանչալ տնկեցեք, կողքին էլ մի հաստ տախտակ, որ գյուլլեն պահի: Նշան դնենք խանչալի սուր բերանին, էնպես, որ գյուլլեն երկու հավասար մասի բաժանվի. եթե մի մասը մյուսից ծանր էլավ — կնշանակի չի դիպել, — ձայն տվեց Օվազիմ յուզբաշին, և համաձայնվեցին սրա հետ:

Այս նշանին առաջին անգամ առաջարկողը հրացան արձակեց, և, որքան ձեռքերում ծանր ու թեթև արին, չկարողացան գնդակի երկու մասերի ծանրությունն իրարից որոշել:

Պակաս չէր և Հաղբատեցի Պրանի արածը, որ տախտակում տված առաջին գնդակի ծակով անցկացրեց հետևյալ գնդակները: Բայց ոչ ոք չհամաձայնվեց կանգնելու Արդվեցի լեգզի Պետոյի առաջ, որ առաջարկում էր, թե մեկը հեռու կանգնի, գլխին մի խնձոր դնի, որ ինքը հրացան արձակի խնձորին:

Եվ այսպես մեկը մյուսից գերազանց հանդիսացան:

Ժողովուրդը ցնծաց. գովեց յուզբաշիներին, գովեց Աղասուն ու յուր ընկերներին և հրավիրված բոլոր քաջերին:

Իսկ իրիկնադեմ ջիրիդ էր նշանակված:

Ձյունի զիլ ձայնն ու դհոլի դրմբոցը իմացրին, թե պատրաստ է ձիարշավի դաշտը, և ժողովուրդն անհամբեր սպասում էր գյուղից վերև:

— Եկա՛ն, եկա՛ն...-հանկարծ ժողովուրդն աղաղակեց, միաժամանակ շների հաչոցն ու ձիաների խրխինջը բարձրացավ, և ահա երևաց դյուցազնական ժամանակներին վայել մի հեծելախումբ: Հսկա ծերունին՝ Մեհրաբ յուզբաշին, վառվում էր կատարյալ զինավառության մեջ: Գդակը թեքած ականջի վրա, նա տաքացնում էր յուր ամեհի ձին, և, սպիտակ միրուքը քամու հետ խաղալով, մերթ ուսովն էր անցնում, մերթ կռան տակովը: Նրան շրջապատած գալիս էին յուրայինները, Աղասին յուր ընկերներով և մյուս հրավիրվածները, բոլորն էլ հզոր, զենք ու զրահի մեջ կորած:

Այսպես երևացին նրանք ձիարշավի տեղը: Ձյունեն սաստկացավ, ամբոխն անհանգիստ իրար խռնվեց, ամեն մեկն աշխատում էր, որ շատ հիանա այս ահավոր գեղեցկության վրա:

Հանկարծ փոշին բարձրացավ սև ամպի նման, բռնեց բոլորի աչքի առաջը, և ահագին տրոփյունը գետինը շարժեց:

Նրանք երբեմն-երբեմն ջոկվում էին, իրար հետ մրցում, ջիրիդ արձակում կամ խաբսն էին տալիս, փախչում իրար առաջից, խաղ անում ձիու մեջքին ու փորի տակին, ձին չափ զցած ժամանակ իրար գլխարկ էին փախցնում, կավ գետնից բան էին վերցնում, և, ընկերախաղի տալով, աշխատում էին իրանց շնորհքը ցույց տալ, առանց իրար ջիրիդով վնասելու կամ հաղթելու:

Մի ժամից հետո ամբողջ դաշտը կարծես վարած էր գութանով, կամ հազարավոր խոզեր քանդ էին արել:

Ուրախության աղմուկներով հիացած ժողովուրդը փոշեղեն ամպերում նկատում էր յուր ծերունի նահապետի ճերմակ միրուքն ու ճերմակ ձին, նրա կողքին փայլականման Աղասուն, առյուծանման Օվագիմին, և բոլորին միասին, որպես մի բազմագլխանի մարմին, մի փախած վիշապ: Ժողովուրդը չէր իմանում, թե որն է որին խնայում...

Այդ չէր իմանում և ցնծության աղաղակներով գովում էր մեկին ու մյուսին, գովում էր ալևոր Մեհրաբին, նրա կորյուններին, քաջ Աղասուն և նրա ռաշիդ ընկերներին և մյուսներին: Այսպիսի հանդիսից հետո տուն վերադարձան:

Մեհրաբ յուզբաշին պատվիրեց, որ առավոտը գիշերով թոռչիներ (ձկնորսներ) գնան ձորը, ձուկը բռնելու, որսորդներ գնան, որս անելու, և ամեն տեսակ պատրաստություն տեսնեն, որ յուր «ղոնախների» հետ քեֆ է անելու Ձորագետի ափերին:

VII

Ահա սրընթաց Ձորագետը արյուն է տանում2: Մութը ճալիցն, երկու ժայռերի արանքից դուրս պրծած, սելավաջրի նման պղտոր, արարած ու փրփրած, տակռապոկ արած ծառ ու մացառ, քար ու քոթուկ իրար խառնած, առաջն արած, գոռալով, թշշալով, վշվշալով, տեղ-տեղ, ուզած տեղը թևերը փռելով, արջախնդրուկի անելով3, կրկին իրան հավաքելով, ուռչելով ու քարերի գլխովը թռչելով, արթուրմա խաղալով, ցայքուն տալով, գալիս է Մազմանա գյուղումը կանգնում, պտիտ գալիս, շունչ առնում, դարան մտնում, և հանկարծ վերկենում, իրան թռփ արած, թափ առած, ղրղու նման հասնում, զարկում չոքած Ավանաքարի ապառաժ ծնկներին ու քիթը ջարդած, լացակնքած, գլուխը քորելով, թոնթորելով, գալիս է սուրբ Նշանի դիմացն երեսին խաչակնքում, սիրտը վեր նստացնում ու շարական ասելով աջ կողմի վրա պտտվում, մտնում Հաղբատ — Սանահնա ձորերը:

VIII

Ձորագետի ափերին՝ բոլոր ծառերից բարձր մի խումբ ընկուզենիներ են բարձրանում. ծուխը բարձրանում է նրանց միջից վերև, և քաջերի խումբն աղմկալի ուրախանում, քեֆ է անում այն հսկայական հովանու տակ:

Ծառատակերին, կանաչ խոտերում կարմիր խալիչաները տարածել, մի մեծ շրջան են կազմել անխնա լցրած մավի սուփրաների շուրջը: Ալնոր Մեհրաբն էր յուր հարազատներով, Օվազիմն ու յուր խումբը, Աղասին և յուր ընկերները, Արութինը, Խուդին, լեզգի Պետոն, Դոնղազ Ղոանը, Վերանը, Պրանը և զանազան տեղերից պատսպարված ժողովուրդների մեծերն ու տանուտերերը: Ուրախությունից բացվել, ծիծաղում են նրանց խոժոռ դեմքերը, ինչպես առավոտյան արևի տակ այն սև ժայռերը:

Այստեղ եկան ուղարկած որսկանները, սպանած պախրա բերին իշխանների լիքը սուփրեն, ձկնորսները թազա–թազա ձուկն եփեցին Ձորագետի ջրովն ու շուռ տվին տերևի վրա, և քեֆն ավելի թեժացավ:

Ջվարթ աղմուկի ու ծիծաղի մեջ հնչում էր Օձնեցի հռչակավոր ուստա Ցանըղի զուռնեն և թմբուկի հետ դրմբում էին քարերն ու քարանձավները: Աստղները ճզնում էին իրանց հուժկու ձայներով խլացնել աղմուկն ու զուռնեն, բայց Մեհրաբ յուզբաշու ծաղրածու Ղազոն տանում էր բոլորի ուշքը: Մատռվակները (սաղի) մեծ-մեծ զավեր ձեռքներին, սպասավորում էին շրջանի մեջտեղը պտտվելով. շարունակ հոսում էր Շուլավերի կարմիր գինին, երկայնակոթ հազարփեշաները անցնում էին ձեռքից ձեռք, և, ավելի նս տաքանալով, աղաղակում էին նրանք՝ մերթ-մերթ նստած տեղերից դատարկելով հրացանները. զնդակները շառաչում էին բարձրաբերձ ժայռերի կրծքերին, և ձորերը բազմապատկում, տանում հեռացնում էին նրանց որոտը դեպի հեռու ձորեր: Տեր Մելիքսեթ պարթև քահանան էլ երբեմն-երբեմն մի հոգեբուխ մեղեդի էր վառում կամ ոգևորվելով թնդացնում էր

Մամիկոնյան մեծ նախարար Սմբատի անվան երգը՝ «Առյո՛ւծ, արի՛ անպարտելի. ե՛կ, սեր իմ, ե՛կ...»: Ջորագետն էլ մյուս կողմից զանազան եղանակներով, հարբած ալևորի նման, հազար ու մի տեսակ ձայնը փոխելով, երգում էր ի պատիվ թանկագին հյուրերի... և այս բոլորը միախառնված իմացնում, ազդարարում էին, թե քաջերը զվարճանում են:

IX

Ուրախության այս թունդ միջոցին ծերունի Մեհրաբը վերցրեց գինով լիքը հազաբփեշեն, և բոլորը ուշք դարձրին նրան:

— Աղասի՛, — ձայն տվեց նա, — ես ուզում եմ օխնել էն ծառը, որ քեզ նման բար ա տվել... ո՞նց օխնեմ. աջողություն մաղթե՞նք, թե՞ ողորմաթասը խմենք...

Այս որ ասաց Մեհրաբ յուզբաշին՝ Աղասու պայծառ դեմքը մթնեց, ինչպես մի սև ամպ հանկարծ ծածկում է գարնան արևի երեսը. նա լուռ խոնարհեց գլուխը կրծքին. նրա հետ տխրեցին և յուր ընկերները:

Բոլոր սեղանակիցները իրար երեսի մտիկ տվին հոնքերի տակից, ուզեցին ասել — երևի տխուր բան հիշեցրին իրանց հյուրերին:

— Ուրեմն աստված հոգին լուսավորի, աստված նրա դատաստանը քաղցր անի... — մեղմ կարեկցությամբ խոսքն հառաջ տարավ ծերունին:

— Աղասու հերը մեռած չի, յուզբաշի, — գլուխը վեր քաշելով ընդհատեց Աղասու ընկերներից մեկը:

— Բաս ընչի տխրեցիք. ընչի՞ չեք խոսում, Կա՛րո, ի՞նչ կա...

— Տխրացրիր, ո՞նց չի տխրենք, յուզբաշի, — հառաչեց Կարոն:

— Աղասու հերը Երևանու բերդումը եսիր ա... Քանաքեռից աղջիկ փախցնելիս Աղասին ֆարրաշին սպանեց ու փախավ, չոլերն ընկավ, իրան տեղակ հորը բռնեցին... Պառավ մերը, ջահել կնիկն ու երեխաներն էլ...

Կարոյի պատմության հետ մռայլանում էր ծերունի նահապետի դեմքը, որպես Լալվարի սարը աշնան վերջերում, և թավամազ գորշ հոնքերի տակից աչքերը բարկությամբ վառվում էին, որպես կայծակը Լալվարի ամպերում: Սնազնում էին և մյուսները, որպես միասին ամպում են այն սարերը...

Կարոն շարունակում էր.

— Պառավ մերը, ջահել կնիկն ու երեխաներն էլ մնացել են Քանաքեռ-թշնամու հողում, ղզլբաշի բերանում... տանջվում են, կանչում են, ձեռքներս հասնում չի... ո՞նց չի տխրենք...

— Է՛ հե՜... — բացականչեց ծերունի Մեհրաբը այնպիսի եղանակով, որպես թե մի անսպասելի չար գաղտնիք էր գտել. — սա էլ իգիթի նման ման ա գալիս սարերում... — և, խեթ-խեթ ակնարկելով գունատված Աղասուն, մի դառը ծիծաղով աղաղակեց, — հա՜, հա՜, հա՜, հա՜, իգի՛թ... Բոլորը լուռ էին:

Ափսո՜ս, — մռնչաց ալևորը:

Նստողները գլուխները կախ արին:

— Ափսո՛ս, — կրկնեց նա և գինու թասը դրեց ներքև, — ափսո՛ս իմ հաց... ափսո՜ս իմ օջախ... ափսո՜ս, որ ես պաչեցի քո ճակատից... — Ապա թե ձայնը բարձրացնելով, գոռաց. — Մենք սրա՞ն ենք իգիթ ասում... Ոչ ոք ձայն չհանեց:

— Մենք նրան ենք իգիթ ասում, որ իրան վառած կրակում ուրիշին թողանի էրվելիս, ինքը գլուխն ազատի, փախչի սարերն ընկնի... իրան նամուսը– ծնողը, կնիկը, երեխեքը վեր գցի թշնամու առաջին...

Դարձյալ ոչ ոք չխոսաց, թեև բոլորը համաձայն էին:

— Ափսո՜ս իգիթ անունը... ափսո՜ս իմ օջախ... ափսո՜՜ս...

Այսպես աղաղակելով տեղիցը վեր կացավ ծերունին, հեռացավ սուփրից. վեր կացան յուրայինները, վեր կացան կանչած հյուրերը, լռեց զուռնի ձայնը, երգը վերջացավ:

Մի քանի վայրկյանից հետո դարձյալ ահազին ձորը մնաց մենակ Ձորագետի գոռոցներին, որոնք միացած, կարծես, մռնչում էին «ափսո՜ս...»:

1895

ԳԻՔՈՐԸ

1

Գյուղացի Համբոյի տանը կռիվ էր ընկել:

Համբոն ուզում էր իր տասներկու տարեկան Գիքորին տանի քաղաք, մի գործի տա, որ մարդ դառնա, աշխատանք անի: Կինը չէր համաձայնում:

— Չեմ ուզում, իմ քորփա էրեխին էն անիրավ աշխարքը մի գցիլ, չեմ ուզում, — լալիս էր կինը:

Բայց Համբոն չլսեց:

Մի խաղաղ առավոտ էր. մի տխուր առավոտ: Տանըցիք ու հարևանները եկան մինչև գյուղի ծերը, Գիքորի թշերը պաչեցին ու ճամփա դրին:

Քույրը՝ Զանին, լաց էր լինում, իսկ փոքրիկ Գալոն մոր գրկից ձայն էր տալի. «Գիքո՜լ, էդ ո՞ւր ես գնում, հե՜ Գիքո՜լ»:

Գիքորը շուտ-շուտ ետ էր նայում: Տեսնում էր դեռ գյուղի ծերին կանգնած են նրանք, ու մայրը գոգնոցով սրբում է աչքերը: Դարձյալ հոր կողքով վազում կամ առաջն էր ընկնում: Մին էլ ետ նայեց. գյուղը ծածկվել էր բլուրի ետև:

Այնուհետև Գիքորը ետ էր ընկնում:

— Արի հա՛, Գիքոր ջան, արի հա՛, հասանք հա՛, — որդուն կանչելով գնում էր Համբոն, շալակին մի խուրջին, մեջը մի քանի հաց ու պանիր ու մի երկու դաստա թութան:

Իրիկնապահին, երբ անց էին կենում սարերը, մի անգամ էլ երևաց գյուղը հեռո՜ւ մշուշում:

— Ա՛յ, ապի, մեր տունն էն ա հա՛, — ցույց տվավ Գիքորը՝

մատը մեկնելով դեպի գյուղը, թեև տունը իսկի չէր երևում, ու անցան:

Առաջին իրիկունը դոնախ ընկան մի գյուղում: Տանտերը Համբոյի հին ծանոթն էր:

Դեղին սամովարը թշշում էր տախտի ծերին: Մի ջահել աղջիկ շրըխկշրըխկացնելով բաժակները լվանում ու թեյ էր շինում: Նա մի կարմիր սիրուն շոր ուներ հագին: Գիքորն էնտեղ մտքումը դրեց, որ երբ քաղաքում փող աշխատի, իրենց Զանի համար մի էն տեսակ շոր դարկի:

Իրիկնահացից ետը տանտերն ու Համբոն թինկը տված, չիբուխ քաշելով զրուց էին անում: Խոսեցին Գիքորի մասին: Տանտերը գովեց Համբոյին, որ չարչարվում էր որդուն մարդ շինի: Հետո սկսեցին խոսել կովի վրա, հացի թանգության վրա, բայց Գիքորը շատ էր հոգնած, քունը տարավ:

Մյուս օրը քաղաք մտան: Գնացին ծերունի թավլաչու մոտ: Առավոտը բազարն իջան:

— Բիձա, էդ էրեխին ծառա ես տալո՞ւ, — խանութի ներսից հարցրեց մի վաճառական:

— Հրամանք ես, — ասավ Համբոն ու Գիքորին էն կողմը հրեց:

Բեր ինձ տուր, ես կբռնեմ, — առաջարկեց վաճառականը:

Նրան ասում էին բազազ Արտեմ:

2

Համբոն քաղաքում Գիքորին ծառա տվավ բազազ Արտեմի տանը: Պայմանն էն էր, որ Գիքորը պետք է տունը մաքրեր, ամանները լվանար, ոտնամանները սրբեր, դուքանը բաժին տաներ, ու էս տեսակ մանր ծառայություններ, մինչև մի տարի:

Մի տարուց ետը բազազը նրան պետք է տաներ դուքան, շիներ դուքանի «աշկերտ», ու էսպես Գիքորը պետք է բարձրանար:

— Հինգ տարի դեռ փող չեմ տալ, — ասավ բազազը պայմանը կապելիս: — Թե դրուստը կուզես, դեռ դու պետք է տաս, որ քու որդին բան է սովրելու: Ախար իսկի բան չգիտի...

— Որտեղից գիտենա, խազեին ջան, — պատասխանեց Համբոն, — որ գիտենար, էլ ո՞ւր կբերեի, ես էլ բերել եմ, որ բան սովրի...

— Կսովրի, ամեն բան կսովրի: Էնպես սովրի ո՛ր... Ձեր կողմերից էն Նիկոլն ինչ է, որ իրեն համար դուքան ունի բաց արած, նա էլ ինձ մոտ է մարդ դառել: Ամա վերջում մի ջուխտ չայի գդալ ու մի քանի բան գողացավ...

— Չէ, խազեին ջան, սա գողանալ չի: Որ էդպես բան անի, կգամ կռնիցը կբռնեմ, էն Քուռը կգցեմ:

— Հա՛, որ ձեռը հալալ է՝ մարդ կդառնա1:

— Իմ դարդն էլ էն ա, աղա ջան, որ մարդ դառնա. լեզու սովրի, գրիլ-կարդալ սովրի, նստիլ–վերկենալ սովրի, մարդ ճանաչի, որ աշխարքումն ինձ նման խեղճ ու զուրկ չմնա... Ինքն էլ աչքաբաց էրեխա ա, մեր գեղական շկոլումն էլ գրաճանանչ ա էլել, գրի սևն ու սպիտակը ջոկում ա: Ամա աղաչանքս էն ա, որ լավ մտիկ անեք, դարիբ էրեխա ա, քորփա ա...

Բազազը Համբոյին միամտացրեց, ու դուրս գնաց, բարձր ձենով հրամայելով-«Չայ բերեք, հաց բերեք սրանց համար...»:

3

Հեր ու որդի նստած էին բազազ Արտեմի խոհանոցում:

— Դե, հիմի դու գիտես, Գիքոր ջան, տեսնեմ՝ ինչ տեսակ տղա ես դուրս գալի... Հենց պետք է անեմ, որ... ես ի՞նչ գիտեմ... ո՛վ տեր աստոծ... — մռնչաց Համբոն չիբուխը լցրեց:

Այնինչ Գիքորը չորս կողմն էր դիտում:

— Ապի, սրանք բուխարի չունե՞ն:

— Չէ, սրանցը փեչն ա, ա՛յ էն ա փեչը...

— Կալ էլ չունե՞ն:

— Սրանք քաղաքացի են, գեղացի հո չեն, որ կալ կասեն:

— Բա ո՞րտեղից են հաց ուտում:

— Փողով առնում են ուտում: Հացն էլ են փողով առնում, եղն էլ, կաթն էլ, մածունն էլ, փետն էլ, ջուրն էլ...

— Վա՜...

— Բա՜, սրան Թիֆլիզ կասեն: Դու հլա ղոչաղ կաց, դեռ շատ բան կիմանաս:

— Ապի, սրանք ժամ ունե՞ն...

— Ունեն բա՛ս, սրանք էլ մեզ նման հայ քրիստոնյա են: Մտիկ արա հա՛-ձեռնաքաշություն չանես: Կարելի ա քեզ փորձելու համար փող վեր կգցեն, մոտենաս ոչ: Թե վերցնես էլ, տար ասա-«խանո՛ւմ, էս ի՞նչ փող ա, էստեղ վեր ընկած էր. աղա՜ էս բանն էստեղ գտա», թե չէ...

— Էստեղ էլ պրիստավ կա՞ որ...

— Կա բա՞ս... Վախտ ու անվախտ դես-դեն չընկնես, ձեռղ ընկած փողը քոռուփուչ չանես, հազար ու մի պակասություն ունենք: Քեզ էլ լավ պահի, գիշերները բաց չըլես, մրսես ոչ... Միմին եկողի հետ գիր ղարկի... — մերթ-մերթ չիբուխը բերանից հանելով որդուն խրատում էր Համբոն: Այնինչ Գիքորը ննջում էր:

— Հացի կտորտանքն ու քարթուն կտան, կերակուրի թերմացքը կտան, շատ անգամ էլ իրենք կուտեն, քեզ տալ չեն, բան չկա, ծառայի կարգն էդ ա... Օրեր են, կմթնեն անց կկենան...

Շարունակում էր հերն իր խրատը, բայց Գիքորը հորը թինկը տված քնել էր արդեն:

Էն երկու օրը նա էնքան բան էր տեսել, էս ու էն կողմը նայել, որ հոգնել էր բոլորովին:

Մրգով լիքը խանութները, դեզերի նման դարսած գույնզգույն չթերը, տեսակ-տեսակ խաղալիքները, ուսումնարան գնացող կամ դարձող երեխաների խմբերը, իրար ետևից սլացող կառքերը, ուղտերի շարքերը, կանանչի բարձած ավանակները, թաբախները գլխներին կինտոները... էս ամենի գոռոցն ու զնգոցը, աղմուկն ու աղաղակը իրար խառնված դժվժում էր նրա գլխում: Եվ նա հոգնել էր ու հորը թինկը տված քնել:

Էս ժամանակ բազազն ու իր կինը վիճում էին ներսը: Կինը տրտնջում էր, որ ծառան խամ էր, նոր սարիցն եկած, վայրենի, իսկ մարդն ուրախ էր, որ մի քանի տարով անվարձ ծառա էր գտել:

— Կսովորի, հո էդպես չի մնալ, — ասում էր նա կնոջը:

— Կսովորի, որդի, սիրտդ շուռ մի՛ բերի, — խնդրում էր բազազի պառավ մայրը:

Բայց տիկին Նատոն չէր համոզվում: Նա արտասվելով անիծում էր իր բախտը:

4

Գիքորը մենակ նստած էր բազազ Արտեմի խոհանոցում: Նա արդեն ծառայության մեջ էր:

Խազեինի հին գլխարկը մինչև ականջները կոխած գլուխը, հին տնամանները ոտներին, մի մավի բլուզ էլ հագին, էնպես ոտից գլուխ փոխված, նա նստած էր խոհանոցում ու միտք էր անում, թե ընչի եկավ իրենց գյուղից, որտեղ է ընկել, հիմի ինչ պետք է անի...

Էս ժամանակ ներս մտավ տիկին Նատոն:

Գիքորը տեղը նստած էր:

Տիկինը մի բան ասավ: Գիքորը լավ չլսեց, թե չհասկացավ:

— Քե՞զ չեմ ասում, տո արջի քոթոթ:

Գիքորը շփոթվեց, քրտնեց. մին ուզեց հարցնի, թե ինչ է ասում, մին էլ սիրտ չարավ: Աղջիկ պարոնը բարկացած դուրս գնաց:

— Ը՛հ, հողեմ ձեր գլուխը, որ վայրենի եք ու գալիս եք մարդի գլխի խաթա դառնում... Ես բան եմ ասում, սա տեղիցն էլ ժաժ չի գալի, ձեն էլ չի հանում...

— Վերջացավ, — անցավ Գիքորի մտքովը: — Բայց ի՛նչ շուտ վերջացավ... ի՛նչ վատ վերջացավ... Հիմի ես ի՞նչ անեմ... հերս էլ գնաց...

Եվ ամեն բան նա վերջացած էր համարում, երբ իրեն-իրեն խոսելով ներս մտավ սև շորերով բարի պառավը՝ բազազի մերը:

— Որ աղջիկ պարոնը ներս է գալի, տեղիցդ ը՞նչի չես կանգնում, որդի, — խրատում էր նա Գիքորին. — որ բան են հարցնում, ձեն հանի... ո՞նց կըլի էդպես...

Պառավին դեղի էին ասում:

Դեղին սովորեցնում էր Գիքորին, թե ինչ պետք է անի, ինչպես սամովարը գցի, ոտնամանները սրբի, չոտկը բռնի, ամանները լվանա...

Բացի պառավ դեղին, ամենքը նեղացնում էին նրան:

Բազազի «դուքանի աշկերտներն» էլ շարունակ ծաղրում էին նրան, «քիքի» էին կանչում, քիթը քաշում, գլխին խփում, գլխարկը կոխում ականջները:

Բայց էս բոլորը տանելի բաներ էին:

Անտանելին էն էր, որ նա չէր կարողանում քաղցին դիմանա: Իրենց տանը, երբ սովում էր, գնում էր տաշտիցը հաց էր առնում, կճաճիցը պանիր էր հանում, ուտելով գնում խաղալու, կամ թե չէ՝ փեշն էր դնում, գնում հանդը: Երբ ուզում էր՝ մի ծառի տակի կամ աղբրի վրա նստում էր ուտում:

Հիմի էստեղ ուրիշ տեսակ էր: Ինչքան էլ սոված լիներ՝ պետք է սպասեր մինչև ճաշի ժամանակը գար, էն էլ ամենքն ուտեին, հետո ինքը: Էդ անիծած ժամանակն էլ էնքան ուշ էր գալի, որ խեղճի սիրտը քամ էր ընկնում, թրթռում:

Մին, երկու, տասը համբերելուց ետը նա սկսեց չորս կողմն աչք ածել խոհանոցում, թե արդյոք մի բան չի գտնիլ ուտելու, որ սիրտը կանգնեցնի, մինչև ճաշի ժամանակը գա:

Սկզբում ինչ գտնում էր — չոր հացի փշրանք, կրծած ոսկոր թե ուրիշ բան, զցում էր բերանը: Մի քիչ հետո մտածեց խոհանոցի պահարանները որոնել: Ապա թե սովորեց կերակուրի պղնձից կիսեփ մսի կտոր դուրս քաշել...

Բայց եթե նկատեի՜ն...

Ինչ վատ բան դուրս կգա՜ր...

Եթե նկատեի՜ն...

Հապա ի՞նչ անես...

Թողնե՞ս, փախչե՞ս...

Եվ Գիքորն սկսեց մտածել փախչելու մասին: Բայց ո՞նց փախչես, ո՞ր կողմը փախչես. մենա՜կ, ճամփա չգիտես, մարդ չես ճանաչում... իսկ հերը...

Էնքան չարչարվեց, խոսեց, խրատեց՝ «Օրեր են, որդի, կմթնեն, անց կկենան...»:

Եվ ահա Գիքորի գլխում հնչում է հոր խանձված ձենը. — «Օրեր են, կմթնեն, անց կկենա՜ն... անց կկենա՜ն...»:

5

Զանգը տվին:

Գիքորը վեր թռավ: Ասել էին, թե երբ զանգը տալիս են, գնա տեսնի՝ ով է, ինչ է ուզում: Նա դուրս եկավ, պատշգամբից նայեց, տեսավ՝ մի պարոն ու մի քանի տիկին դռան առաջ կանգնած:

— Էդ ո՞վ եք, հե՜յ, — ձայն տվավ վերնից:

Ներքևից վերև նայեցին:

Տիկինները ծիծաղեցին, իսկ պարոնը, ակնոցներն ուղղելով, հարցրեց:

— Աղջիկ պարոնը տա՞նն է:

Ի՞նչ եք անում, — հարցրեց Գիքորը:

Ներքև ծիծաղն ավելի սաստկացավ:

— Քեզ հարցնում են՝ տա՞նն է, թե չէ, — բարկացավ պարոնը:

— Բան ունե՞ք:

Էս աղմուկի վրա տիկինը դուրս եկավ:

— Քրքրվես դու, գնա դուռը բաց արա, շո՛ւտ, — ճչաց ու սկսեց անիծել Գիքորին և իր ամուսնուն: Բայց շուտով հյուրերն երևացին, և նա ժպտալով դիմավորեց:

— Ա՜ բարև, բարև... էս ո՞ր խաչիցն էր, ի՞նչպես է որ մտաբերեցիք...

— Էս ո՞րտեղից եք գտել, — ոտից գլուխը Գիքորին չափելով հարցրեց պարոնը, իսկ տիկինները շարունակ ծիծաղում էին:

— Ի՞նչ եք նախանձում, կուզեք ձեզ տանք, — կատակի տվավ տիկինն, ու հյուրերը խնդալով ներս մտան:

Գիքորին շտապով մի տեղ ուղարկեց ու նրանց ետևից իսկույն ներս մտավ և տիկին Նատոն:

Իրար առողջության հարցնելուց ետը հյուրերն սկսեցին պատմել իրենց ներս մտնելու պատմությունը, և դուրս եկավ մի ահագին պատմություն:

— Օ՜ֆ, սիրտս մաշել է, — գանգատվում էր տիկին Նատոն. — թե իմանաք՝ ինչ եմ քաշում ես դրա ձեռիցը: Ասում եմ՝ դուրս անենք կորչի, բայց դե Արտեմի բնավորությունը գիտեք էլի, ասում է՝ մեղք է, գեղացի երեխա է, թող կենա, մի կտոր հաց է, ուտի, կսովորի... Ախր էլ ե՞րբ... սիրտս մաշեց...

— Օ՜հ, օ՜հ, օ՜հ, էդ ծառաների բանն էլ մի՛ ասի, — էս ու էն կողմից սկսեցին բողոքել տիկին հյուրերը:

Մի կես ժամ խոսեցին դեսից-դենից, ծառաներից, քաղաքի նորություններից: Հենց էդ խոսակցության ժամանակ ներս մտավ քրտնած Գիքորը:

— Աղջիկ պարոն, միրգը բերի:

— Հա, լավ, գնա՛, — հրամայեց տիկինը կարմրելով, իսկ հյուրերն սկսեցին ծիծաղել:

— Աղջիկ պարոն, խազեինն ասում էր՝ բալը թանգ ա, հարկավոր չի...

Էս խոսքերի վրա հյուրերից ոմանք պոռթկացին ու թաշկինակով բերաններին հուպ տվին, ոմանք էլ տանտիկնոջ խայտառակությունը ծածկելու համար վկայեցին, թե իրավ բալը շատ թանկ է, էս ժամանակին ով է բալն առնում: Ապա սկսեցին հանդիմանել, թե ի՞նչ հարկավոր է միրգը, հո ուտելու համար չեն եկել, ի՞նչ են նեղություն քաշում...

Տանտիկինը, մինչև ականջակոթերը կարմրած, աշխատում էր մի կերպ եղածն ուղղի:

— Ով գիտի ինչ է ասել, չի հասկացել էս հիմարը:

— Ով սուտ ասի՝ գետինը մտնի, — երդվեց Գիքորը, ու ամեն բան լրացավ:

6

Հյուրերին ճամփա դնելուց ետը տիկին Նատոն բարկացած, բարձր-բարձր խոսելով վեր էր քաղում մրգի սեղանը: Նա հայհոյում էր Գիքորին, մեկ-մեկ թվում էր, թե ինչեր է անում նա, անիծում էր իր բախտը, իր ամուսնուն:

— Քա՛, խամ է, որդի, կսովորի, որդի... ինչի ես սիրտդ շուռ բերում... Ախ աստոծ, ի՞նչի չես հոգիս առնում, — հառաչում էր պառավ դեդին:

— Երանի մի իմանամ՝ մարդու սրտի էս նեղացած ժամանակը դու ինչ ես խոսում... Խամ է, դե գնացեք դուք շինեցեք, ես հո ձեր գերին չեմ, — ձենն ավելի բարձրացնելով պատասխանեց պառավին հարսը ու շարունակեց իր տրտունջն ու անեծքը մինչև ամուսինը տուն գար:

Ամուսնու ոտնաձայնը որ լսեց՝ սկսեց արտասվել, ավելի բարձր խոսել ու ամանները իրար գլխով տալ:

— Ասում եմ՝ դուրս արա կորչի. ես ծառայի բանն էլ կանեմ. թե խնայում ես՝ փող տաս, կարգին ծառա բռնես... Լավ է մարդ ծառայի տեղ էլ քաշ գա, քան թե ամեն օր էսենց սիրտը շուռ բերի... Իմ թշնամին հո չե՞ս...

— Ի՞նչ է պատահել, — հարցրեց բազազը՝ տան մեջտեղը կանգնելով:

— Ի՞նչ պետք է պատահի. էս էր մնացել, որ խալխի մոտ էլ մարդ գետինը մտնի, էս էլ արիր. էլ ի՞նչ պատահի, — վրա թռավ տիկինը ու պատմեց բալի պատմությունը:

— Վա՛հ, — բացականչեց բազազը:

— Ա՛խ աստո՛ծ, — հառաչում էր բարի պառավը՝ դես ու դեն ընկնելով:

Բազազը Գիքորին ձեն տվեց: Թմփթըմփացնելով Գիքորը ներս ընկավ:

— Մոտիկ արի, — կանչեց բազազը:

Գիքորը վախեց նրա գույնից, մնաց տեղը կանգնած:

— Քեզ ասում եմ՝ մոտիկ արի...

Գիքորն էս անգամ շարժվեց, բայց դարձյալ մնաց տեղը կանգնած:

— Տո՛, արջի քոթոթ, ես քեզ ասում եմ՝ աղջիկ պարոնին ասա, դու գալիս ես դոնաղներին ասում, թե բալը թանգ է՞ր...

— Ես... ես... աղջիկ պարոնին.. — ուզում էր արդարանա Գիքորը, բայց խոսքը բերանում՝ ապտակը հասավ, աչքերը կայծակին տվին, գլուխը դիպավ կողքի պատովն ու վեր ընկավ:

Հենց ընկած տեղն սկսեց բազազը ոտքել, անդադար կրկնելով — «բալը թանգ էր, հը՞... բալը թանգ էր, հը՞...»:

Պառավ դեդին դողդողալով մեջ ընկավ, աշխատում էր ետ քաշի կատաղած որդուն, աղջիկ պարոնն էլ եկավ, երեխաներն էլ սկսեցին ճչալ, բազազը ետ կանգնեց հևալով ու կրկնելով — «բալը թանգ էր, հը՞», — աչքերը միշտ չռած անկյունում կծկված Գիքորի վրա, որ դողալով ու ցավագին մրմնջում էր.

Վա՜յ, նանի ջան, վա՜յ... վա՜յ, նանի ջան, վա՜յ...

7

Տեսան տանը չի կարողանում ծառայի՝ խանութ տարան Գիքորին: Էնտեղ ապրանք պետք է տային մուշտարիների հետ տանելու, չիթ պետք է ծալեր, խանութը սրբեր, իսկ պարապ ժամանակը մուշտարի կանչեր:

Եվ ահա Գիքորը հաց է տանում խանութը: Կերակրամանը ձեռքին, մաշված ու տժգույն, մեծ-մեծ ոտնամանները քաշ տալով անց է կենում կամարջով: Նայեց ներքև: Քարվանսարաների բարձր պատերին զարկելով ծառս էր լինում Քուռը, ոլորվում, պտտվում ու ճնշվելով խեղդվում, խուլ թշշում կամուրջի տակին:

Ափից մոտիկ պտտում էր մի կանաչ նավակ: Երկու հոգի կային նրա մեջ. մինը ուռկան էր ձգում, մյուսը նավն էր կառավարում:

— Ա՛յ հիմի կհանի, — ասավ Գիքորն ու կանգնած նայում է ձկնորսներին: Ուռկանը դատարկ դուրս եկավ:

— Էս մինն իմ բախտից, — ասավ Գիքորն ուռկանը ձգելիս: Գիքորի բախտը դատարկ դուրս եկավ:

— Էս մինն էլ մեր Զաննի բախտիցը: Էս էլ դատարկ դուրս եկավ:

— Էս մինն էլ Գալոյի բախտիցը: — Գալոն էլ էր անբախտ:

— Էս մինն էլ բաս...

Բայց էդ ժամանակ մոտիկ քարվանսարի դռանը աղմուկ բարձրացավ: Մի պարսիկ կապիկ էր պար ածում երգելով:

Ա՛յ արի, արի, մեյմուն,

Ճիպոտդ սարի, մեյմուն,

Պառավի պես կուզի-կուզ,

Ջահելի պես պարի, մեյմուն:

Ժողովուրդը հավաքվել էր գլխին ու վազում էին չորս կողմից: Գիքորն էլ վազեց: Աշխատեց կանգնած ժողովրդի արանքը մտնի, առաջ անցնի, չկարողացավ: Վիզը ձգեց, պճեղների վրա կանգնեց ու ճգնում էր անպատճառ տեսնի, թե ինչ է կատարվում մեջտեղը:

— Ի՞նչ ես ներս խցկվում, տո լածիրակ, գնա քու բանին, — ասավ մի կինտո ու զարկեց գլխին:

Գիքորը հանկարծ սթափվեց ու վազեց դեպի խանութը:

8

Իրիկունը Գիքորը կուչ էր եկել խոհանոցում: Դեռ արտասուքը չէր ցամաքել նրա երեսին, դեռ այրվում էին խազեինի ապտակների տեղերը, դեռ նոր էր լռել աղջիկ պարոնի ձենը — շվշըվացնելով ներս մտավ Վասոն՝ բազազի աշկերտը: Գիքորին նկատելով՝ նա իսկույն կանգ առավ ու մասխարա դեմքին լրջություն տալով, սպառնալի հարցրեց.

— Կլուբամն ուշացա՞ր, տո արջի քոթոթ, թե գուբերնատի մոտ վռազ գործ ունեիր...

Գիքորը գլուխը չէր բարձրացնում:

— Ասա մի տեսնեմ է, տո՛...

Գիքորը լուռ էր:

— Չե՞ս իմանում, տո՛: Ո՞րտեղ էիր է՛, որ էսօր ինձ քաղցած սպանեցիր. որ մեռնեի՝ հետո՞...

Էսպես խոսելով կամաց-կամաց մոտեցավ, մի քիչ կանգնեց ու հանկարծ զարկեց Գիքորի գլխին: Գիքորը երկու ձեռքով գլուխը պաշտպանեց ու սեղմվեց պատին: Վասոն պատրաստվում էր մի ուրիշ ձևի հարված էլ հասցնելու, բայց դուրսը բարձրացավ խազեինի ձայնը: Գալիս էր:

— Աքա տես հիմի քեզ ի՞նչ է անում, — սպառնաց Վասոն:

«Հիմի ինձ կսպանեն», անցավ Գիքորի մտքովը, ու խեղճի հոգին տապ արավ:

Խազեինը արդեն բավականին ծեծել էր խանութում, այժմ միայն հրամայեց հաց չտան, որ իմանա, թե ինչ բան է քաղցածությունը:

Վտանգն անցավ:

Գիքորը հանգստացավ, թեև լսում էր աղջիկ-պարոնի ձայնը, որ ճչում էր. — Ախր ընչի՞ ես պահում, դուրս արա կորչի էլի, դուրս արա կորչի՛...

9

Գիքորը կծկվեց վերմակի մեջ, գլուխը կոխեց տակը, տապ արավ:
«Լուսնյակ գիշեր, բոլորովին քուն չունեմ, Ինձ տեսնողը կարծում է, թե տուն չունեմ, վա՛յ, տուն չունե՛մ...»

իր երգը երգելով Վասոն հաց էր ուտում: Գիքորը վերմակի տակից երբեմն զգույշ ծիկրակում, թաքուն նայում էր նրան, կրկին աչքերը ծածկում: Նա էն օրը հաց չէր դրել բերանը. ծեծվել ու լաց էր եղել, այժմ էլ քաղցած պառկեց, ու քունը չէր տանում:

— Հը՞, ո՞նց ա, սոված քունդ չի՞ տանում հա՛, էդպե՛ս... — նկատեց չարաճճի Վասոն ու մի կտոր հաց ու պանիր տվավ Գիքորին: — Դե, առ, տեղի տակին թաքուն կեր, խազեինը չիմանա:

Գիքորը հափշտակեց հաց ու պանիրը, գլուխը կոխեց տեղի տակը, թաքուն ուտում էր ու մտածում: Մտածում էր իրենց տան վրա, էն օրերի վրա, երբ ազատ խաղում էր հանդերում ու լիասիրտ հաց ուտում, մտածում էր էն երեկոների վրա, երբ հերն ու մերը կռվում էին իրեն քաղաք բերելու համար... մերը լաց էր լինում, չէր ուզում...

— Ա՜խ, նանի ջան, ի՜նչ լավ էր սիրտդ իմացել, — հառաչում էր Գիքորը տեղի տակին ու հաց ու պանիրը ուտում, ականջը սրած, թե խազեինը հո չի գալի:

Իսկ առավոտը կանգնած էր խանութի դռանը:

10

Խանութի դռանը կանգնած ձեն էր տալի Գիքորը, մուշտարի էր կանչում ու բարձր ձենով գովում իրենց ապրանքը:

— Կանչի է՜, տո՜. ի՜նչ ես մնջվել, մնացել կանգնած: Բերանումդ հո ջուր չկա՞:

— Է՜ստի համեցե՜ք, է՜ստի համեցե՜ք... — կանչում էր Գիքորը:

Ներսը ծիծաղից թուլանում էին:

Նրան սովորեցրել էին, որ մուշտարի քաշի դեպի իրենց խանութը: Եվ նա հաճախ բռնում էր էս կամ էն անցորդի փեշից, կպչում ու համառ սկսում էր քաշել դեպի խանութը, ու բաց չէր թողնում, մինչև որ մարդը դուրս էր գալի համբերությունից: Գալիս էր դարձյալ իր տեղը կանգնում ու կանչում:

Ամառվա տոթ օրերին, խանութի դռանը երկար կանգնելուց հոգնած, նա երբեմն նստած քնում էր խանութի առաջին դարսած չթերի վրա:

Էդ ժամանակ չարաճճի ընկերները կամ հարևանները բռնոթի էին բռնում նրա քթի տակը:

Նա փռշտալով վեր էր թռչում:

Շոգից թմրած վաճառականները զվարճանում էին: Իսկ խազեինը կուշտ ծիծաղելուց հետո ձայն էր տալի.

— Քնում ե՞ս, տո, արջի քոթոթ, կանչի է՛...

— Է՛ստի համեցե՛ք, է՛ստի համեցե՛ք, — ձեն էր տալի Գիքորը:

11

Մի օր էլ Գիքորը երբ մուշտարի էր կանչում՝ դիմացից երկու գյուղացի դուրս եկան: Նա վազեց, փաթաթվեց գյուղացիներին:

— Ա՛յ տղա, իսկի ճանաչեցի ոչ, էս ի՛նչ բան էր, — զարմացած բացականչեց գյուղացիներից մինը ու դարձավ ընկերին.

— Բաղո, դու կճանաչեի՞ր...

— Ես աչքերիցը կճանաչեի, — պարծեցավ ընկերը:

Ճշմարիտ որ Գիքորը շատ էր փոխվել, շատ էր մաշվել: Ինքն էլ էր փոխվել, շորերն էլ: Դժվար էր ճանաչելը:

— Ա՛յ տղա, էս կարգին մարդ ա դառել... հալա սրա շորերին, սրա շնորհքին... — հիանում էին գյուղացիները:

— Համբոյի հողը մեր գլխին. տես, նա իր տղին ո՛րտեղ հասցրեց, մեր տղերքը էնտեղ խոզ են արածացնում...

Այնինչ Գիքորը իրար ետևից հարցնում էր.

— Իմ մերը ո՞նց ա... մեր երեխեքը ո՞նց են... իմ հերն ընչի՞ չեկավ... մեր կովը ծնել ա, թե չէ... մեր գեղումն ո՞վ ա մեռել...

— Ամենն էլ լավ են, շատ բարով կանեն, — պատասխանեցին գյուղացիք: — Էն ա Սուքնանց Ղուկասը մեռավ, մին էլ Պուճարանց պառավը, մնացածը լավ են:

— Բա իմ հերն ընչի՞ չի գալի:

— Քու հերը լավ ուզում ա, ամա ո՞նց գա: Ինքը մենակ մի մարդ ա, սաղ տան ջափեն վրեն...

— Բա բան չեն ղարգե՞լ...

— Ինչ ունեն, որ ինչ ղարգեն, դու ձեր տան բանը գիտես ո՞չ: Էս տարի էլ հացը բարակ էր, խեղճ հերդ զոռով ծերը ծերին ա հասցնում: Նրանցից ի՞նչ ես ուզում: Թե ունիս, դու ղարգի. իրեն խարջ են ուզում — ձեռին գռոշ չունի:

— Հո մեր տանիցը օքմի չի՞ հիվանդացել:

— Չէ՛, էն ա ձեր Ծաղիկ կովը Միրզանց գոմի փլեկովը ներքն ընկավ, սատկեց:

— Ծաղիկը սատկե՞ց...

— Խեղճ մերդ էնքան լաց էլավ՝ աչքերն ուռան:

Էս ասելով, գյուղացիներից մեկը մի նամակ հանեց տվավ Գիքորին ու ասավ.

— Հիմի ի՞նչ ես ասում. մենք էլ քեզ տեսնիլ չենք, գնալու ենք. թե մորդ կամ քվորդ համար բան ես ղարգելու, տուր տանենք:

— Ո՞րտեղից բան ղարգեմ, դեռ փող չեմ ստանում... ամա... Ամա ի՞նչ...

— Ուզում եմ՝ ես էլ գամ ձեզ հետ: Համ մեր գեղին, համ մերոնց կարոտել եմ, համ էլ...

— Վա՜յ, վա՜յ, մենք հենց իմացանք մարդ ես դառել, խելոքացել ես... էդ տեսան բան կասե՞ն: Էստեղ քեզ համար աղավարի ապրում ես — շորերդ թազա, ոտն ու ձեռդ խստակ... Մենք ասում ենք մեր էրեխանցն էլ տեղ անես՝ բերենք, դու էդ ի՞նչ ես ասում: Էն որ ասել են՝ «խոզի գլուխը դրին խալիչին, գլորվեց էտ ցեխն ընկավ», հալալ քեզ համար են ասել:

Էսպես հանդիմանեցին գյուղացիները, խրատեցին, մնաս բարով ասին ու գնացին:

Նրանց գնալուց ետը Գիքորն իր անկյունը քաշվեց ու բաց արավ հոր նամակը:

«Իմ սիրելի որդի Գիքոր ջան: Ի քաղաքն Թիֆլիզ:

«Մենք ողջ և առողջ ենք, միայն քու առողջութինն ենք ուզում, ամեն: Քեզ շատ կարոտով բարով են անում ապին, նանը, Զանին, Մոսին, Միկիչը, Գալոն, ամեն: Մեր սիրելի որդի Գիքոր. ահա իմացած լինես, որ տեղներս շատ նեղ ա և խարջը սաստիկ ուզում են և փող չենք ճարում, և նանն ու Զանին տկլոր են և տեղներս շատ նեղ ա: Գիքոր ջան, մի քանի մանեթ փող ղարգի և մի գիր ղարգի քու որպիսութենիցը: Եվ իմացած ըլես, որ Ծաղիկը սատկեց, և նանն ու Զանին տկլոր են»:

Նամակը կարդաց ու տեղը կանգնած միտք էր անում Գիքորը, դարդ էր անում իրանց տան համար: Սիրտը էրում էին նամակի տողերը:

— Նանն ու Զանին տկլոր են... Տեղներս նեղ ա...

— Կանչի է՛, տո, ի՞նչ ես վերացել, ուշքդ հետները գնա՞ց... — ձեն տվին ներսից:

— Է՜ստի համեցե՛ք, է՜ստի համեց՛եք, — կանչում էր Գիքորը խանութի դռանը կանգնած:

12

Ձմեռը եկավ: Սառն աղմուկով ձյունախառն բուքը թռչում է քաղաքի վըրով: Փողոցներում սուրում, սուլում, հոսան է անում: Վզզալով մտնում է անկյունները, աղքատի ու տկլորի է ման գալի, պանդուխտ ու անտեր երեխա է որոնում:

Ահա գտավ Գիքորին:

Մի բարակ բլուզ հագին, խանութի դռանը կանգնած ձեն էր տալի նա.

— Է՜ստի համեցե՛ք, է՜ստի համեցե՛ք...

— Հրե՜սսս... — չարախինդ սուլելով ցուրտը, աներևույթ թռի նման, զարկեց անցավ ոսկորները: Գիքորը դողաց:

Առանց էն էլ նա շատ էր մաշված. էդքանն էլ հերիք էր նրան: Ու անկողին ընկավ:

13

Հիվանդ պառկած էր Գիքորը բազազ Արտեմի խոհանոցում: Պառավ դեդին օրը մի քանի անգամ ներս էր մտնում, իրեն-իրեն խոսելով:

— Ի՞նչ կուզես, որդի՛, Գիքո՛ր:

— Ջո՛ւր...

Դեդին ջուր էր տալիս: Հիվանդը դողդոջուն ձեռներով բռնում, ագահ խմում էր ու կրկին ուզում:

— Էս սիրտս հովացնում չի, դե՛դի... ես մեր աղբրի սառը ջրիցն եմ ուզում, դե՛դի... ես մեր տունն եմ գնում... ես իմ նանին եմ ուզում...

Բազազ Արտեմը ցավի մեջ էր ընկել: Նա դես-դեն ընկավ, նրանց կողմերից մարդ գտավ, ապսպրեց, որ Համբոն գա, իսկ Գիքորին տարավ քաղաքային հիվանդանոցը:

Էնտեղ շատ հիվանդներ կային շարքերով պառկած: Տխուր տնքում էին ու օձորքին նայում անզոր հայացքներով:

Գիքորին էլ պառկեցրին նրանց շարքում:

Էստեղ գտավ նրան հայրը:

— Էդ ինչ ես էլել, Գիքոր ջան, — մղկտալով վրա ընկավ Համբոն:

Գիքորը տաքության մեջ չիմացավ հոր գալը:

— Գիքոր ջան, բա եկել եմ, է՛, Գիքոր ջան... ես քու ապին եմ, է՛...

Հիվանդը ոչինչ չհասկացավ: Նա զառանցում էր ու

զառանցանքների մեջ կանչում էր–«Միկի՛չ, Ջանի՛, ապի՛, նանի՛...»:

— Էստեղ եմ, Գի՛քոր ջան, նանը ղարգել ա, որ քեզ տանեմ մեր տունը... գալիս չե՞ս... Միկիչն ու Ջանին իրեն կտերը կանգնած քեզ ճամփա են պահում: Ի՞նչ ես ասում, դե խոսա է, Գիքոր ջան...

— Է՛ստի համեցե՛ք, է՛ստի համեցե՛ք, — բացականչեց հիվանդը, զանազան անկապ, կցկտուր խոսքեր ասավ ու ծիծաղում էր տաքության մեջ:

14

Մի երկու օրից ետը Համբոն գնում էր իրենց գյուղը:

Նա թաղել էր Գիքորին ու գնում էր: Կռան տակին տանում էր շորերը, որ մերը լաց լինի վրեն: Շորերի գրպաններում մի բուռը փայլուն կոճակներ, նախշուն թղթեր, չթի կտորներ ու մի քանի քորոց գտան: Էն էլ երեխ, քրոջ — Ջաննի համար էր հավաքել ու պահել...

Գնում էր Համբոն ու մտածում: Շատ ժամանակ չէր անցել, որ էղ միևնույն ճամփով քաղաք եկավ իր Գիքորի հետ: Ահա էստեղ էր, որ նա ասավ.

— Ապի, ոտներս ցավում են...

Եվ ահա էն ծառը, որի տակ նստեցին հանգստանալու... Ահա էնտեղ էր, որ ասավ.

— Ապի, ծարավ եմ...

Ահա էն աղբյուրն էլ, որ ջուր խմեցին...

Ամենը, ամենը կան, մենակ նա չկա...

Մյուս օրը, երբ Համբոն անցնում էր լեռները՝ հեռվո՛ւմ երևվաց իրենց գյուղը:

Գյուղից դուրս կանգնած սպասում էին նանը, Ջանին, Միկիչը, Մոսին, իսկ փոքրիկ Գալոն մոր գրկից կանչում էր.

— Ալի՛, ալի՛, հե՛ Գիքոլ...

1897—1908

ԵՐԿԱԹՈՒՂՈՒ ՇԻՆՈՒԹՅՈՒՆԸ

1898 թվին նոր էր բացվել Թիֆլիսից Կարս գնացող երկաթուղին: Լոռու գյուղերից մեկում մի իրիկնադեմ Ուհանես բիձու դռան գերանների վրա նստոտած զրույց էինք անում: Ուհանես բիձեն մեզ պատմում էր, թե ինչպես սկսվեց երկաթուղու շինությունը:

«Մի տարի ես ու մեր Սիմոնը ներքի ճալումը ճիպոտ էինք կտրում»: Էսպես էր պատմում նա:

«Մին էլ տեսանք մի քանի սիպտակ շլապկավոր մարդիկ ներքևից դուրս եկան ու ջուրնիվեր, ջուրնիվեր գնացին:

— Ասի՝ հե՛ Սիմոն:

— Թե՝ ի՞նչ ա:

— Ասի՝ էստեղ մի բան կա:

— Թե՝ ի՞նչ պըտի ըլի, ճամփորդ մարդիկ են, կարելի ա ճամփեն կորցրել են, իրենց համար գնում են:

— Ասի՝ չէ, էստեղ մի բան կա, ետնա կիմանաս:

Եկանք տեսանք Տերսանց ջաղացի կտերը մի սիպտակ փետ տնկած:

— Ասի՝ հե՛ Սիմոն:

— Թե՝ ի՞նչ ա:

— Ասի՝ հիմի տեսնում ե՞ս:

— Թե՝ էս ի՞նչ ա որ:

— Ասի՝ հալա դեռ կաց, ետնա կիմանաս...

Սրանից մի քանի ժամանակ անցկացավ -մին էլ տեսնենք կազեթ եկավ, թե՝ բա՛ երկաթուղու ճամփեն դեսն են տանում...

— Ասի՝ հե՛ Սիմոն:

— Թե՝ ի՞նչ ա:

— Ասի՝ հիմի տեսա՞ր՝ խոսքս որտեղ դուրս եկավ...

— Ա՛յ լեզուդ պապանձվեր հա՛, — ձայն տվեց էն կողմից որսկան Օսեփը:

— Ա՛յ տղա, ընչի՞ ես էդպես ասում, ի՞նչ մի վնաս բան ա երկաթուղին, — մեջ մտան մի քանի գյուղացի:

— Վնաս չի, բա ինչ ա, եկավ ձորերումը ծղրտաց, էլ պախրա չմնաց, կխտար չմնաց, ձենիցը խրտնեցին, փախան կորան:

— Պախրեն ու կխտարը չէ որ, հավատա՝ ես էլ կկորչեմ, — խոսքն առավ մի հովիվ, որ դագանակին հենված կանգնած էր: — Գնում եմ քարի գլխին կանգնում եմ, ձորերին մտիկ եմ անում, որ էն քարափները քանդելիս տեսնում եմ, սրտիս ծերը մղկտում ա, ոնց որ թե մարդի երեխեն թշնամու ձեռին քրքրելիս ըլեն, ու մարդ կարենա ոչ թե օգնի...

— Չէ, շատ բան կփչանա, — սրա հետ էլ հառաչեցին մի քանիսը:

Ու սկսվեց վեճը երկաթուղու վրա, թե երկաթուղին օգուտ էր բերելու, թե վնաս:

Էդ վեճի ժամանակ երկաթուղու գծի վրա աշխատող օտարականներից մինը ձորիցը դուրս եկավ ու մոտեցավ մեզ:

— Բարի իրիկուն ձեզ:

— Աստծու բարին, ուստա:

— Ինձ մի չափ այլուր է հարկավոր, ձեզանից ո՞վ այլուր կծախի, — դիմեց օտարականը ամենքիս:

— Ո՞րտեղացի ես, ուստա, — հարցրեց Ուհաննես բիձեն:

— Օսմանլվի հողիցն եմ:

— Ուհաննես բիձա, հալա մի հարցրու տես ո՞ր քաղաքիցն ա, — խնդրեց մի գյուղացի:

— Քու քաղաքի անունն ի՞նչ ա, բարեկամ, — կրկին հարցրեց Ուհաննես բիձեն:

— Սըվազ:

— Սըվա՛զ, — երկարացնելով ու խորհրդավոր կերպով կրկնեց Ուհաննես բիձեն:

— Ի՞նչ ասավ, Ուհաննես բիձա:

— Սըվազ...

— Պա՛հ, քու տունը չքանդվի... — ծափ տվին ու ծիծաղեցին մի քանի գյուղացի:

— Էնտեղից էստեղ քա՞նի ամսվա ճանապարհ է, — շարունակում էր հարցուփորձը Ուհաննես բիձեն:

— Երեք ամսվա:

— Պա հո՛... — միաբերան զարմացան ամենքը:

— Համեցեք, դարիբ ախպեր, նստիր, հաց բերեն, հաց անուշ արա:

— Չէ, շնորհակալ եմ, վռազ եմ. ձեզանից ո՞վ այյուր կծախի, մի չափ այյուր տա՝ գնամ:

— Ախչի, մի չափ այյուր դուրս բերեք, — դռնից ձեն տվեց Ուհաննես բիձեն. — գլուխ-գլուխ լցրեք:

Հարսներից մինը մի չափ այյուր դուրս բերեց, ուզեց դատարկի մեջը, բայց նա թող չարավ:

— Ի՞նչ արժե...

— Ածա, դեռ ածա տոպրակիդ մեջը:

— Չէ, առաջ մի գինն իմանանք:

— Դեռ ածա, հետո կիմանաս թե որ թանգ ըլի, դարտարկելը հեշտ ա:

Ուստեն իր տոպրակը բաց արավ, հարսն ալյուրը մեջը դատարկեց ու գնաց:

— Դե հիմի ի՞նչ տամ, — հարցրեց ուստեն, ծոցից քսակը հանելով:

— Ոչինչ, ուստա, ոչինչ չի հարկավոր, քեզ փեշքեշ, մեր աշխարքումը դարիբից հացի փող չեն առնիլ, էդ տեսակ ադաթ չկա... — ասավ Ուհանես բիձեն ու շարունակեց իր չիբուխը ծխել:

Ուստեն մի քիչ շփոթվեց, չեմ ու չում արավ ու գնաց:

Ուստի գնալուց հետո մի կարճատև լռություն տիրեց, ապա թե խոսեց մի գյուղացի:

— Էն օրը մինն էկել ա թե՝ մածոն եմ ուզում: Հարսները մածոն դրին առաջին, կերավ պրծավ, հիմի վեր ա կացել, թե՝ ինչ արժե...

— Ասում եմ՝ ի՞նչը...

Թե՝ մածոնը...

— Ասի՝ ա՛յ մարդ, գլխիցդ քաշվի, էդպես բաներ մի խոսիլ, թե չէ ոչխարի էլած կաթն էլ կցամաքի...

— Ա՛յ տղա, բա ի՞նչպես անենք... էն լա՞վ ա, որ ով գա մուֆտա ուտի ու տանի՞... էս վրա քանիսն են գալի, գիտե՞ս թե չէ... էն օրը մնին էլ ես եմ մի խան ալյուր չափել տվել... էդ ո՞ւր կերթա, — մեջ ընկավ Ուհանես բիձու փոքր ախպերը:

— Որ գա՝ մին էլ տուր... — գլուխը վեր քաշելով հանդարտ խոսեց Ուհանես բիձեն:

— Օջախդ շեն կենա, — վռչացին մի քանի ծերեր:

— Աչքս լուս էլի՛. Սըվազից սկսած ով գա՝ չափի տուր. կասես ես նրանց համար եմ աշխատել... Ով գալիս ա՝ բարով, հազար բարի. բան ա ուզում՝ փողը բերի՝ տանի...

Ու սկսեցին վիճել: Ուհաննես բիձեն էլ տաքացավ, աղմուկը մեծացավ:

— Ո՜ւ-ո՜ւ-ո՜ւ... Ձորերում սուլում էր երկաթուղին:

Նոր էր մտել նա մեր ձորերը:

1898

ԵՂՋԵՐՈՒԻ ՄԱՀԸ

Անտառը հառաչանքով լիքն էր:

Աշնան չարագուժ ցրտերն ու անգութ որսկանները մտել էին նրա մեջ: Իր մահաբեր թույնը թափելով՝ սուլում էր դառնաշունչ քամին: Նրա շնչից գունատված տերևները դողդողում էին, անհասկանալի լեզվով ցավալի սվսվում, դալկանում, դեղնում ու իրանց-իրանց թափվում, և թափվելով՝ տխուր շրշում, անզոր հառաչում էին: Այստեղ ու այնտեղ որոտում էր որսկանի հրացանի ձայնը. անտառը թնդում, արձագանք էր տալիս, և ամեն արձագանք տալով՝ կարծես թե ահագին «վա՜յ» էր կանչում իր խոր թավուտներից: Ճիշտ որ վա՜յ...

Կորչում էին նրա պայծառ օրերը, ընկնում էին նրա դալար զարդերը, հալածվում ու կոտորվում էին նրա սիրուն երեները՝ և... հառաչում էր նա: Չէ՞ որ նա էլ զիտե զգալ, չէ՞ որ այստեղ էլ կենդանության շունչ կա, ցավ ու կսկիծ կա:

Ահա վերջին տագնապի մեջ է անտառի չքնաղ թագուհին: Որսկանի ձեռքից փախած՝ նա վայր է ընկել բրնուտում: Գնդակատեղից դեռ հոսում է նրա արյունը, իր աչքով տեսնում է, զգում է այն սոսկալի փոփոխությունը, որ կատարվում է իր մեջ, իր շուրջն էլ փոխվում է, ինքն էլ այն չի, ինչ որ առավոտն էր... Բայց այս ի՛նչ զարհուրելի բան է. ինչու էլ այն չի. ինչու էլ չի կարողանում կանգնել, փախչել... Օրհասական ջանքեր է անում, տանջվում է, տանջվում, և ճգնում է պարզել, թե ախար ի՞նչ պատահեց, այն ի՞նչ էր... Եվ շփոթ ու աղոտ հիշում է, որ արածում էր իր հորթուկի հետ... հանկարծ մի բան որոտաց... մի տաքություն զգաց ու վայր ընկավ... ականթոթափել կանգնեց... իր սիրուն հորթուկը... Բայց հիշողության թելը կորավ, ուշքը խառնվեց, ույժ չկա...

Նա զգաց, որ ծարավից պապակում էր, այրվում էր ներսը...

Հիշեց ներքև՝ ձորակում վազող վտակը, խոնարհած ճյուղերի տակ կարկաչող այն վճիտ-պսպղուն ալիքները... Նրա մտքով կայծակի արագությամբ միասին եկան ու անցան հովասուն անտառներում անցկացրած օրերը, և մշուշապատ առավոտները, երբ նա առողջ ու թեթև իջնում էր այն ձորակն ու կուշտ-կուշտ խմում էր սառը ջրերից... Այժմ էլ փափագում էր սաստի՛կ-սաստի՛կ, բայց որքան աշխատում էր՝ չէր կարողանում բարձրանալ: Ամեն շարժվելով ճղփում էր նրա տակ լճացած արյունը և կրկին սկսում էր ծորել գնդակատեղից: Բայց արյունը բարակեց, ցավն էլ առաջվա նման չէր նեղացնում, նա թմրեց, զգաց, որ քունը տանում էր մի տեսակ, խավարը թանձրանում էր շուրջը, և հետզհետե աչքերը մթնում էին:

Արևն իր վերջին շողերը քաշել էր լեռների ետևը: Ամեն ձեն ու ձուն կտրել էր անտառում:

Գիշերվան ցուրտն ընկավ: Սթափվեց եղջերուն, լիակուրծ ու ագահ շունչ քաշեց, լայն-լայն բաց արավ շշմած աչքերը... վերևը փոքրիկ լույսեր ցոլացին: Այդ աստղերն էին երկնքում: Նա հասկացավ, որ գիշերը հասել էր: Վերջին ուժերը հավաքեց, ջանք արավ, շարժվեց, մինչև անգամ ծնկները բարձրացրեց և... կրկին ընկավ մի ծանր ու անզոր թառանչով: Նա լսեց իր թառանչը, և այդ վերջին ձայնն էր, որ նա լսեց այս աշխարհքում:

1899

ԱՐՋԱՈՐՍ

Ա

Մի կերի տարի ես ու մեր Ավազը Մաարեքում խոզ էինք պահում: Հիմի մի աշունքվա գիշեր բերել ենք խոզը իր նիստը արել ու դափի դռանը մի կրակ վառել, որ բոցն աստծու ոտներն էրում է: Մի լուսնյակ գիշեր է: Ես պկու եմ ածում, էս Ավազն էլ մի բայաթի է վեր քաշել, որ սար ու ձոր զվզվում են:

Մին էլ Ավազը թե՝ «Ա՛յ տղա, էն ո՞վ է, իրե մի մարդ է գալի վերի կռնիցը»:

Մտիկ տամ տեսնեմ, դրուստ որ՝ մի մարդ է գալի վերնիցը: Ամա ես էլ լսել եմ, որ արջը գողության գալիս՝ խաբելու համար առաջի երկու ոտը դոշին է դնում, երկու ոտանի մարդի նման է գալի, ոնց որ մարդ ըլի:

Ասի՝ Ավազ, էս օքմին չի, արջ է:

Թե՝ բո՛հ, չէ չէ պոզեր:

Ա՛յ տղա, ասի՝ արջ է:

Ես՝ հա, սա՝ չէ. ես՝ հա, սա՝ չէ: Իսկ նա էլ կամաց-կամաց կողքըհան մոտենում է, ու ձեռներիս էլ հրացան չկա: Մին էլ էն տեսանք՝ առաջի երկու ոտը վեր դրավ, դառավ չորսոտնանի ու, ա՛ռ հա կտաս՝ խոզի կես տեղը: Խոզը ճղճղալով իրար խառնվեց, հավաքվեց արջի վրա:

— Ալաքա՛շ, բռնի հա՛ բռնի, հրես հա՛, հրես:

Ամեն մինս մի ածխակոթ վեր կալանք, վազեցինք: Մի հաստլիկ մերուն ունեինք. ականջ դնենք, որ սրա ճղղոցը ներքի փոսերիցն է գալի: Վազ տվինք փոսերի վրա: Ածխակոթը քաշել ենք, հիմի էս անիրավին վեր ենք հատում, տալիս ենք, ինչ անում ենք, չենք անում, մերունը բաց չի թողնում. առաջներս խտըտած ձորն է ընկնում: Վերջը՝ շատ տեղը նեղացրինք, չէ՛, թող արավ, փախավ:

Առավոտը ասի՝ Ավազ, դու խոզի կշտին կաց, ես գնամ տանիցը մի հրացան բերեմ:

Թե՝ դե՛, լավ:

Բ

Ավազը խոզի կշտին կացավ, ես գնացի. տանը մի հին հրացան ունեինք, վեր կալա եկա: Եկա, շիտակ գնացի ներքի մոշուտնին, որտեղ գիտեմ արջի տեղն է: Ման էկա. որ գտա ոչ, մի տեղ մի լավ մոշուտ պատահեց, կանգնեցի, ասի՝ մի քիչ մոշ ուտեմ: Միամիտ մոշ ուտելիս՝ հենց մոշենու տակիցը մինը ֆրթացրեց ու հրացանս բռնեց:

Դու մի ասիլ, գնացել եմ հենց անտեր արջի վրա եմ կանգնել:

Որ հրացանիս լուլիցը բռնեց, ես էլ կոթը պինդ բռնեցի: Հիմի նա օլորում է, ուզում է կտրի, ես էլ օլորում եմ, որ հենց անեմ ծերը վրեն ընկնի, հուպ տամ, ծուխը փորն անեմ: Բայց անտերը գլխի է ընկել, թողնում չի:

Ես ձգեցի, նա ձգեց. տեսա, որ բան չի դառնում, ձեռս զցեցի, ասի հանկարծ խլեմ: Ձեռս զցեցի թե չէ, թանթլիկը բերավ ուսովս պատ տվավ: Որ թանթլիկն ուսովս պատ տվավ, հրացանը բաց թողեց: Էնքան արի՝ հրացանի ծերը փորին դեմ առավ, չախմախը ձեռս զցեցի, ասի՝ էս է, բանը պրծավ: Վերի ոտը քաշեցի՝ չըրթկացրի, տրաքեց ոչ: Մտիկ տամ, տեսնեմ՝ քարը վեր է ընկել, կորել: Էնտեղ մեջքս կոտրեց: Հրացանը բաց թողի, ասի՝ խտըտիցն ազատվեմ. եղավ ոչ: Բռնեցինք իրար:

Գ

Դես քաշեցինք, դեն քաշեցինք: Տեսնեմ՝ անտերն էս է, ինձ ուտում է: Ձեն տվի՝ «Ա՛լաբաշ հե՛յ... Ա՛լաբաշ հե՛յ...»

Մին էլ տեսա շունը կլանչելով գալիս է: Եկավ, հասավ: «Ա՛լաքաշ, օգնի, ասի, ինձ կերավ...»: Հա՛յ քեզ մատաղ, շո՛ւն. որ հասավ մեջքին տվավ էլի, ոնց որ մի գնդակ ըլի: Ամա ի՛նչ, էն շունը թե նրա մեջքին տված, թե էն լեռ քարափին:

Ոնց որ երկու փահլևան պինդ իրար բռնեն, բռնել ենք ու աչք աչքի ենք գցել: Մին էլ տեսա՝ կում արավ ու մարդի պես երեսիս մի մեծ թքեց-թո՛ւ: Որ թուքն աչքերս բռնեց, գլուխս դոշիս վրա կռացրի, ետնուց էլ թանթլիկով մի թունդ ապտակ հասցրեց, ու ինձ կորցրի:

Տեսա՝ էլ ազատվելու դուռը չկա, ասի՝ ես առաջուց երեսիս վրա վեր ընկնեմ, որ երեսս փչացնի ոչ: Բերանսիվեր տակին վեր ընկա: Որ տակին վեր ընկա, շունն ավելի կատաղեց: Արջն ընկել է ինձ վրա, շունը ետնից իրեն ուտում է, որտեղից բռնում է՝ օգուտ չի անում: Դու մի ասիլ վարպետ շուն է, գիտի արջը որտեղից կխեղձանա: Մեջքին վեր էլավ, ականջներիցը բռնեց: Որ ականջներիցը բռնեց, արջը ինձ թողեց: Անտերը գազազեց, շանը թափ տվեց մեջքից, վեր գցեց ու բռնեց, հուպ տվավ թե չանչեց, էլ գիտեմ ոչ՝ ինչ արավ, որ բաց թողեց, շունը կլանչելով ձորն ընկավ, փախավ, կորավ:

Դ

Շունն էլ գնաց. մնացինք ես ու ինքը: Հիմի տակին երեսս բռնած միտք եմ անում: Իմացել եմ, որ արջը ականջ է դնում, տեսնի շունչ կա, թե չէ: Թե իմանում է, որ շունչ է քաշում տակի օքմինը, ջարդում է, մինչև շունչը կտրի, թե հո չէ՝ քոթքաթաղ է անում, թողնում գնում, որ հոտի, հետո գա հանի ուտի: Էս միտք անելիս մին էլ էն տեսա՝ գլուխը բերավ գլխիս վրա դրավ, շունչը իրեն քաշեց. ականջ է դրել: Ես էլ շունչս փորս գցեցի, ոնց որ թե մեռած եմ: Գլուխը վեր քաշեց, մի քիչ կացավ՝ մին էլ ականջ դրավ: Էլ ետ շունչս պահեցի: Սա որ տեսավ՝ ես էս է մեռած եմ, ինձ թող արավ մրթմրթալով գնաց: Աչքս ծերպ արի, ասի՝ մտիկ անեմ, տեսնեմ ուր է գնում: Ասում եմ՝ հենց լինի մի քիչ տեղ հեռանա, վեր կենամ փախչեմ:

Գնաց՝ մոտիկ ցախ ու մախ կար, փետ կար, հավաքեց բերավ վրեսածավ: Մեջքիս վրա դրավ, շլինքիս վրա դրավ, էլ ետ գնաց:

Գնաց, մի թեթև ցըցչորի կար, էն էլ բերավ ոտներիս վրա դրավ, մին էլ ետ գնաց:

Տեսնեմ՝ մի ահագին քոթուկ կա, չարչարվում է պոկի, որ բերի էն էլ վրես գցի: Միտք արի որ՝ թե էս քոթուկը բերի վրես գցի, տակին շունչս կկտրի: Ասի, քանի ուշքը քոթակումն է, վեր կենամ կորչեմ: Փորսող տալով փետերի տակիցը դուրս եկա, փախա մտա մոտիկ մամխուտը, տապ արի:

Հիմի տապ արած տեղիցս մտիկ եմ անում: Չարչարվեց, քոթուկը պոկեց ու, ոնց որ մարդը խտըտի, խտըտեց, բերավ թե վրես գցի: Եկավ տեսավ փետերի տակին մարդ չկա: Քոթուկը խտըտին զարմացած կանգնեց, փետերի տակին մտիկ արավ, չորս կուռը մտիկ արավ, հանկարծ քոթուկը վեր գցեց ու՝ թո՛ւ հա թո՛ւ, թո՛ւ հա թո՛ւ, մարդի նման թքոտում է. ասի երևի ափսոսում է, էլի՛:

Թո՛ւ հա թո՛ւ անելով, ճոճռացնելով ընկավ ներքի ձորը: Ես էլ վեր կացա, դուրս պրծա դեպի Ավազը: Գալիս եմ, ոնց եմ գալիս, ոնց որ հետ ածած լինեմ: Ետ եմ մտիկ անում, ասում եմ տեսնեմ, հո արջը գալիս չի: Հասա մեր խոզի նիստը: Էս Ավազը թե՝ ա՛յ տղա, էդ ի՞նչ խաբար է, էդ ի՞նչ ես եղել: Ասի՝ էլ խաբարը ո՞րն է, քո տունը քանդվի, էսենց բան եկավ գլուխս: Թե՝ բա հրացանդ ո՞ւր է:

Նոր տեսնեմ, որ հրացանս մտիցս ընկել է, թողել եմ տեղը:

Ե

Եկանք մի քանի հոգի հավաքվեցինք, գնացինք հրացանս բերինք: Հրացանիս քարը շինեցի, պնդացրի, ասի՝ Ավա՛զ, էլի պետք է գնամ: Թե՝ ա՛յ տղա, ձեռը վեր կալ, կբռնի կզզի: Ասի՝ հիմի սովորեցի, էնպես չեմ անի, որ բռնի:

Թե՝ դու գիտես:

Հրացանս վեր կալա, քարը պնդացրի ու գնացի: Տանձի էլ կաթոցի ժամանակն է: Գնացի մինչև ճաշ ման եկա, ոտնահան եղա. գտա ոչ: Միտք արի՝ ախպեր, սա ուր կլինի քաշված, ախր սա պետք է որ էս խոզի կողմերից հեռանա ոչ: Վեր կացա, ասի ներքևեմ մոշուտների վրա:

Մի քիչ գնացի, մին էլ տեսնեմ, ըհը՛, արջի հետքը առաջիս: Հետքն ընկա գնացի. գնամ՝ տեսնեմ իրես մի բարդի կրծել է, կրծել ու թողել: Գլխի ընկա, որ սրանում մեղր կա: Վերև մտիկ տամ, ճանճը արկանոցից բանում է: Ասի՝ հիմի թե իրեն գտնեմ էլ ոչ, էս հո որս է ու որս: Մի քիչ էլ գնացի, տեսնեմ առաջիս մի մորմոնջաբուն է քանդել, բայց հողը դեռ թաց է: Տեսա որ մոտեցել եմ: Էստեղ մի անտեր ահ ընկավ սիրտս: Հրացանի քարին մտիկ տվի ու առաջ գնացի: Հենց ոտս փոխեցի, մի թըմփթըմփոց եկավ: Կանգնեցի... Բացատի գլխին մի լավ մեղրատանձի կա. տեսնեմ՝ իրես տակին տանձ է ուտում: Էս կռանը մի տանձ է կաթում, դենն է վազում, մրթմրթալով ծամում ու ականջ դնում, էն կռանը մի տանձ է կաթում, դենն է վազում: Մին էլ որ կանգնեց տանձի կաթոցին ականջ դնելու, ծառի տակը մտա, հրացանն երեսս կալա: Տեսնեմ հրացանի ծերը տըմբտըմբում է: Չէ՛, սիրտս պնդացրի, մին էլ նշան դրի, հուպ տվի... Հրացանը որ տրաքեց, սա մի գոռաց, պըտիտ եկավ, ու առ հա՛ կտաս, ընկավ ներքի ձորը: Հրացանս մին էլ լցրի, մոտիկ թմբի գլուխը բարձրացա, տեսնեմ սա ջրին է վազում. ասի՝ բաս սրա բանը խարաբ է. վիրավորը որ ջրին գնաց, ջուր խմեց — պրծավ, էլ ապրիլ չի:

Մին ասի՝ ետնիցը գնամ, մին էլ ասի՝ անեծք չար սատանին. վիրավոր արջը գեշ է, կբռնի, կփչացնի: Էն է, ինչ նա դենը գնաց, ես էլ ետ եկա, էլ գիտեմ ոչ ինչ եղավ:

Միայն էն օրերում ձորի վրա շատ ուրուր պըտիտ եկավ...

ԳԱԲՈ ԲԻՁՈՒ ՇԵՐԱՄԱՊԱՀՈՒԹՅՈՒՆԸ

Ես ու Գաբո բիձեն անցնում էինք Լոռու ձորով:

— Հե՜յ, տիրացու, — ձայն տվավ նա:

— Համմե՜:

— Հրամանքդ շատ: Ես տեսնում եմ, որ էս մեր նոր ուսում առածները շատ աշխարհիքից դուրս մարդիկ են, դու սրան ի՞նչ կասես:

— Ինչո՞ւ, Գաբո բիձա:

— Ընդուր համար, որ հենց գիտեն՝ ամեն բան իրենք են հասկանում, իրենցից առաջ էլ ոչ մարդիկ են էլել, ոչ բան են հասկացել: Մին էլ կտեսնես նստեցին ու գլխիդ գելի ավետարան կարդացին — հա՜ էս ճանճ պահի՜ր, էս աբրեշումի ճիճու պահի՜ր, էսպես մածուն շինի՜ր, էսպես ցանի՜ր, էնպես հնձի՜ր... Տո՜, հեր օրհնած, մի առաջ հարցրո՜ւ, տես՝ էդ բաները դրանք էլ միտք են արել թե չէ, նրանցից ետը՝ թեկուզ ուշունց տուր:

— Ետո մի՞տք եք արել որ, Գաբո բիձա:

— Ախպեր, ա՜յ, ես հիմի օրինակի համար՝ մինն ասեմ, դու տես՝ մենք էլ հացակեր մարդիկ ենք, բան ենք հասկանում թե՞ չէ: Մի աշունք մեր Դավոն գնաց քաղաքը խոզ ծախելու: Մի ճանանչ մարդ աբրեշումի ճիճվի սերմ էր տվել թե՝ տարեք ձեր տեղը բհամ բերեք: Ճամփա պահեցինք մինչև գարունքը բաց էլավ: Գարունքը որ բաց էլավ, ոնց որ խրատ էր տվել՝ էս ճիճվի սերմը բերինք մեր խիզանի ծոցում դրինք, որ տաքանան, դուրս գան: Դուրս էկան ասեղի ծերի չափ մանր սև զաղեր — մի խոսքով մոնը քեզ օրինակ: — Գաբո բիձեն այստեղ հանկարծ ձայն տվեց: — Տիրացո՜ւ:

— Համմե՜:

— Էդ ձեր ուսումնականները թե գիտեն — աբրեշումի ճիճուն ի՞նչ կուտի:

— Թթան տերև:

— Ապրե՛ս, դրուստ ա: Գնացի ձորիցը մի շալակ թթան տերև բերի, կապեցի մենծ տան ամբարի ոտիցն ու ճիճուն վրեն ածի: Ինչքան մարդ էկավ թամաշա, ոչ մնի տուն չթողինք՝ որ աչքով չտան, ասինք՝ թող մի տեսնենք ինչ ա դուրս գալի: Ա՛յ տղա, էդ անտեր ճիճուները մի քանի օր կացան ու կոտորվեցին: Հիմի թե ասենք նրանից էր, որ գոմշի ձագը շատ էր մոտ կապած, ոտնատակ էր տալիս, թե նրանի՞ց էր, որ հավերը տուն էին թափում — մե-մեն կուտ ուտում, դե ո՞նց անենք: Խո չէինք կարող հավերը կոտորել կամ ձագն սպանիլ: Թե ասենք անձրևիցն էր, որ երդիկովը ներս էր թափվում, մին էլ մարդ միտք ա անում, թե բա քաղաքումն անձրև չի գալի՞... Մի խոսքով՝ բան գլուխ չեկավ: Տեսանք, որ մեր երկրումը աբրեշումի ճիճուն անում չի, բան չի դառնում: Դե՛, զարմանալի ի՞նչ կա որ. Էնպես երկիր կա՝ դուշ չի ապրում, էնպես երկիր կա՝ ցորեն չի դուրս գալի. ամեն մի աշխարհք մի տեսակ բնություն ունի. ամա էս մեր նոր ուսումնականները էսքանն էլ չեն հասկանում:

ԽՈՐՀՐԴԱՎՈՐ ԾԵՐՈՒՆԻՆ

— Այդ դո՞ւ ես, — ասաց նա և գլուխս թեթև, շոյելով շարունակեց իր ճամփան առանց կանգնելու:

— Դու ո՞րտեղից գիտես ինձ, ծերունի:

— Քո ծնված օրից:

— Ուրեմն դու ճանաչո՞ւմ ես ինձ:

— Ես քո հորն էլ էի ճանաչում փոքրուց:

— Վա՛հ, մի՞թե...

— Ես քո պապին էլ եմ տեսել. ա՜խ, ինչ չարաճճի էր երեխա ժամանակ:

— Դու իմ պապին տեսել ես երեխա ժամանա՞կ:

— Է՛հ, բայց քո պապի պապը ավելի կայտառ երեխա էր:

— Դու իմ պապի պապին էլ ես տեսե՞լ:

— Հա՛, հա՛, հա՛ հա՛, զարմանում ես դու. դեռ նրանց պապերի պապերին էլ...

— Դե որ այդպես է, պատմի՛ր, խնդրում եմ, պատմիր ծերունի. ի՞նչ տեսակ մարդիկ էին նրանք, ի՞նչ գիտես նրանցից:

— Ինչ տեսակ մարդի՞կ...

Նրանք էլ քեզ նման մարդիկ էին: Այդպես՝ քեզ նման երազներ էին երազում, մեծ-մեծ հույսեր էին փայփայում... Գալիս էին ոգևորված իրանց հույսերով ու ցնորքներով և մեկ-մեկ կորցնում ճանապարհին: Ոմանք շուտ էին փխատում ու բեկվում, ոմանք ավելի հանդուգն ու համառ գալիս էին, մինչև մի տեղ ընկնում էին ուժասպառ ու... Օ՜, շատ եմ ծիծաղել նրանց վրա:

— Վա՜յ, խե՜ղճ պապեր:

— Բայց ես ականատես եմ եղել և նրանց սիրային տարփանքներին, ես տեսել եմ նրանց կայտառ զավակների խաղերն ու լսել եմ նրանց առաջին թոթովանքները, մասնակցել եմ նրանց զվարթ խրախճաններին, ձայնակցել եմ նրանց հաղթանակի աղաղակներին, ես պսակել եմ նրանց առաքինություններն ու մեծագործությունները...

— Ո՜վ բարի ծերունի:

— Հա՜, նրանք ինձ հետ էին: Մի քիչ տեղ եկան. մեկը մի անգամ մտավ գերեզման, մյուսը նրանից մի փոքր հեռու իրան ալևոր գլուխը դրեց, որը դեռ մատաղ, որը ծերունի, որը սրահար, որը ցավագար... Քո բոլոր պապերն ինձ հետ են անցել ու ամեն մեկը մի տեղ մնացել:

— Ո՜ւհ, ինչքան մեծ ես դու:

— Մե՜ծ, աչքդ ինչ տեսնի՝ նրա սկիզբն եմ ես, միտքդ ուր հասնի՝ նրանից առաջ եմ ես, ո՜ր քարը վերցնես՝ տակին եմ եղել, ինչ մեռել գտնես՝ այն ես եմ թաղել:

— Եվ դեռ այդպես արա՞գ ես գնում. ես չեմ կարողանում քեզ հասնել:

— Հա՜, հա՜, հա՜, հա՜, հոգնեցի՞ր... տեսնում եմ, արդեն քեզ էլ եմ թողնում: Օ՜, դու վաղ ես ծերացել... Ե՜կ, ե՜կ...

— Սպասի՜, ծերունի, իմ ուժը, իմ եռանդը դու տարար, ես հոգնեցի, էլ չեմ կարողանում գալ:

— Ե՜կ, ե՜կ...

ԱՀՄԱԴԸ

Ա

Ես իմ մանկության գարունները անց եմ կացրել մեր սարերում:

Շատ էի սիրում իմ տատոնց տունը ու միշտ այնտեղ էի լինում: Իմ քեռիներից ամենից փոքրը՝ Ահմադը, հովիվ էր:

Նա ինձ տանում էր, ման էր ածում գառների մեջ, հետը հանդից հաղարճի կարմիր ճյուղեր էր բերում ինձ համար, իսկ իրիկունները հանում էր սրինգը ու ածում:

Ու աստղալի, լուսնյակ գիշերները, ահագին խարույկի շուրջը բոլորած, ծափ էին տալի, խնդում էին իմ պապն ու տատը, իմ քեռիները, իսկ ես թիթեռի նման թրթռում, պար էի գալի նրանց շրջանի մեջ:

Ահմադը թուրքի անուն է, դրա համար էլ երբ մենք խոզի միս էինք ուտում, միշտ տանեցիք հանաք էին անում, ծաղրում, ծիծաղում էին Ահմադի վրա, թե՝ Ահմադը հայացավ, Ահմադը հայացավ...

Իհարկե, անունը լսողը կասեր թուրք է. բայց հենց ներս մտներ, տեսներ թե Ահմադը ինչպես է ժաժ գալի տանը, հերիք էր, իսկույն կիմանար, որ նա տան սիրելի տղան է:

Ում կամենում էր, տուն էր բերում, պատվում, ճամփու դնում: Աղքատը ողորմություն ուզեր թե հարևանը հացփոխ, իր ձեռքով տաշտից վերցնում էր, տալի: Տան աղջիկներին ու փոքրերին հրամայում էր, ծեծում էր, սիրում էր, ինչպես և մյուս քեռիներս: Անասունների համար հոգին տալիս էր: Մինը հիվանդանալիս գրեթե ինքն էլ հետն էր հիվանդանում, էնքան էր սիրում: Ինքն էլ էնպես սիրելի էր ամենքին: Ահմադը հիվանդանում էր թե չէ, մեր ուրախությունն էլ հետը կտրում էր: Ու ամբողջ օրը տատս ու պապս չորս կողմը պտտվում էին, ինչ որ լավ բան էին գտնում, շուրջն էին հավաքում, խնդրում էին, թե էլ ուրիշ ինչ կուզի սիրտը:

Բ

Մի առավոտ էլ վեր կացա, տեսնեմ՝ բոլոր տանեցիք տխուր են:

Իմ տատը արտասվելով քթքթում էր, ման էր գալի անկյուններում ու ինքը չէր իմանում, թե ինչ էր անում: Հարսներն ու աղջկերքը լուռ, տխուր ներսուդուրս էին անում: Վրանի դռան կողքին նստած խոսում էր իմ պապը, իսկ մի քիչ հեռու գլխակոր նստած էին քեռիներս:

— Աստված լինի քո օգնականը, բալա ջան, — խոսում էր պապս: — Չոր քարին գնալիս՝ չոր քարն էլ կանաչի քեզ համար: Պակաս օրդ խնդությունով անց կենա... Դե, վեր կաց, օրն անց է կենում, ճամփեդ երկար է: Վեր կաց, բալա ջան, աստված բարի ճամփա տա, ոտդ ոչ դիպչի քարի...

Ահմադը չուխի փեշով աչքերը սրբեց, վեր կացավ, եկավ մոտեցավ իմ պապին: Պապս գրկեց, համբուրեց Ահմադին, ու աչքերը լցվեցին արտասուքով:

— Քո աշխատանքը մեզ հալալ արա, Ահմադ ջան, մեր աղ ու հացն էլ քեզ հալալ լինի, քո մոր կաթնի պես: Մեզ մտիցդ զցես ոչ: Թե աջողություն ունենաս՝ իմացրու, որ մենք էլ ուրախանանք, թե պակասություն ունենաս՝ իմացրու, որ հարեհաս լինենք: Դե, գնա, քեզ մատաղ, աստված բարի ճամփա տա:

Ապա թե տատս գրկեց, համբուրեց Ահմադին, հետո մնացածները լաց լինելով ձեռն առան: Ապուշ կտրած փոքրերիս էլ Ահմադը համբուրեց և մի երկու կով, հորթ, գոմեշ, ձագ, մի կտրկան ոչխար, մի բարձած էշ առաջն արած, մի երկու շուն էլ ետը զցած, ճանապարհ ընկավ: Մյուս քեռիներս ուղեկցում էին Ահմադին:

— Աստված բարի ճամփա տա, Ահմադ ջան, գնաս բարով, բալա ջան, — ձեռքը ճակատին դրած ետնից ձայն էր տալիս պապս:

Գ

Աիմաղը անցավ սարի մյուս կողմը, մյուս քեռիներս վերադարձան: «Բայց ինչո՞ւ էին լաց լինում մեր տանը, քեռի Աիմաղը ո՞ւր գնաց», մտածում էի ես:

— Աիմաղը ո՞ւր գնաց, նանի — հարցրի իմ տատին:

— Իրենց տունը գնաց, — պատասխանեց տատս:

— Իրենց տունը ո՞րն է...

— Ուրիշ տեղ է:

— Աիմաղը ո՞վ էր որ...

— Աիմաղը թուրք էր, մեր ծառան էր: Է՛, քանի տարի մեր տանն էր... Հիմի իր իրավունքն առավ ու գնա՛ց...

— Բա էլ չի՞ գալու:

— Չէ՛, բալա ջան, գնա՛ց...

ԳՐԱՁԸ

1

Այնտեղ սարերն իրար են հանդիպել, իրենց արանքում մի մեծ ձոր են ստեղծել, որ կոչվում է Մութը Ձոր:

Մութը Ձորը բաժանում է հայերին ու թուրքերին իրարից: Նրա մի կողմը թուրք սարվորն է իջնում, իր բինեն զարկում, մյուս կողմը՝ հայը:

Բայց նրանց իգիթները գիշերվա մթնով էլ անցնում են այն խոր անդունդը, իրարից ոչխար են գողանում, ձի, կով կամ գոմեշ են քշում: Նրանց հովիվները հանդերում են հասնում ու փետակոիվ են անում:

Մեկ էլ տեսար մի սարի ուսից տարածվեց մի զիլ, առաձգական ձայն — «Հավար հե՜յ...» Այդ գուժավոր ձայնը ձգվելով՝ տարածվում է լեռներում, ու հանկարծ երկու կողմն էլ բինեքում իրարով են անցնում:

2

Թուրք Ղափըչօղլին իր բինեն զարկել, ձվար էր արել Մութը Ձորի մի կողմը: Այնտեղից խրոխտ ու սպառնալի նայում էր դիմացը վեր եկած հայերին: Նրա մարդիկը այդ սարերի ամենահռչակավոր գողերն էին: Դատաստանից փախածները նրա մոտ էին ծածկվում, սարերով անցնող ավազակային խմբերը նրա հարկի տակ էին ապաստան գտնում:

3

Մի իրիկնադեմ վրանում թինկը տված նա զրույց էր անում իր սովորական հյուրերի հետ: Նրանք հայտնի ավազակներ էին, որ անցնում էին լեռներով:

— Էս դիմացի հայերին լա՛վ է տղերքը տակնուվրա չեն անում, — իր զարմանքը հայտնեց հյուրերից մի քուրդ:

— Էդքան էլ խեղճ մի գիտենալ դրանց, — պատասխանեց տանտերը:

— Դրա՞նց...

— Հա՛, դրանց: Դրանց մեջ Չատի անունով մի չոբան կա, իգիթ եմ ասում, որ մենակ էն մի տղի դեմը դուրս գա:

— Փա՛ հա՛, — բացականչեց վիրավոր ավազակը ու շրըխկալով վրա նստեց:

— Ի՞նչ կտաս գիշերս էնպես անեմ, որ առավոտն էլ ծուխ չբարձրանա դիմացը:

— Կապույտ ձին փեշքեշ:

— Ձեռքդ տուր:

Նրանք ձեռք-ձեռքի խփեցին ու զրազ եկան:

4

Սարսափելի մութն են Մութը Ձորի գիշերները:

Մի մթնագիշեր էր. անձրևն էլ անընդհատ տեղում էր միալար: Քնած էր հայերի բինեն: Երբեմն-երբեմն հովիվները այս կամ այն կողմից խուլ «հեյ-հե՜յ...» կանչելով, իմացնում էին, որ հսկում են դեռ:

Գիշերվա մի ժամանակը մի թմփթըմփոց անցավ վրանների մոտից: Շները վեր կացան, վրա տվին, ոչխարը խրտնեց, ձիաները փախան, տավարը ցրվեց: Հովիվները հավար կանչեցին, հրացանները բացվեցին, և այս բոլոր սարսափներն ու ձայները խառնվելով մութին, հեղեղին ու ամպի որոտմունքին, հորինեցին մի դժոխային գիշեր:

— Շունը տարա՜ն, բինեն պահեցեք, հե՛յ... — գոռաց աժդահա հովիվ Չատին:

— Շունը տարա՜ն... — Ձայն տվին ամեն կողմից ու սև սարսափը կալավ բինին: Լեռներում ամեն մարդ լավ է հասկանում, թե ինչ կնշանակի՝ «շունը տարան»:

Գողերը միշտ մի կամ երկու հոգով վազում ընկնում են բինեն, ոչխար, ձի, տավար խրտնացնում, խառնում են իրար: Շներն ընկնում են նրանց ետնից: Նրանք էլ շներին հաչեցնելով տանում, հեռացնում են բինից: Այնուհետև խառնված, անշուն թինին ետնից վրա են տալիս նրանց ընկերները և շփոթի ու խավարի մեջ քշում են անասունները:

Շուտով հետևեց երկրորդ հարձակումը, հարահրոցն ընկավ, հրացանները բացվեցին, ամեն բան մթնումը խառնվեց իրար ու իրար խառնված ընկավ դեպի ներքև:

Ակնակիր մթնում ոչինչ չէր երևում: Փայլակի լուսով վայրկենաբար բացվում էր ահռելի տեսարանը, բայց մարդու աչքերը որոշ բան չէին կարող նկատել այն թոհուբոհի մեջ: Աչքերը չէին կարող նկատել, բայց հրացանների ձայները ցույց էին տալիս, թե որ կողմից են գնում, և հովիվների աղաղակը, որ կանչում էին՝ «Տարա՜ն, տարա՜ն... Ալաբաշ հե՜յ...»:

Այդ ձայներն էլ հետզհետե հեռացան, նվազեցին ու էլ ոչինչ չէր լսվում:

Անձրևը միալար շրըփում էր և ամպը խուլ ճայթում ու որոտում հեռու լեռներում:

5

Լուսադեմին տղերքը վերադարձան: Դեռ հեռվից լսվում էր նրանց ուրախ-ուրախ խոսոցն ու ծիծաղները թանձր մշուշի մեջ: Ապրանքնական ու անվնաս ետ բերին հանձնեցին սարվորին, իրենք հավաքվեցին հովիվ Չատնի վրանը, որ հաց ուտեն:

Նրանք իրենց հետ բերել էին մի քրդի քոլոզ, վահանն ու թուրը:

Իսկույն տարածվեց, թե տղերքը մի քուրդ են սպանել ու հետաքրքրված սարվորները եկան խռնվեցին վրանի ներսն ու դռների արանքում:

Չատնի մայրը սոված հովիվների համար կրակի վրա կերակուր էր շինում ու հետն էլ իրեն-իրեն դունդունում.

«Ա տղա, նա էլ մեր կունենա՜...

Ա տղա, հիմի նրա մերը ճամփա կպահի՜...

Ա տղա, կասի, տղես ետ չեկավ...

Ա տղա, ճամփա կպահի՝ ետ չի գնա՜լ...»

Գլուխներն օրորելով նրան ձայնակցում էին մի քանի ուրիշ կանայք: Այնինչ՝ հովիվները սարվորին պատմում էին, թե բանն ինչպես եղավ:

— Չորս կողմից հավաքեցինք, տարանք արինք մի ձոր: Էստեղ սրանց տեղը որ նեղացրինք, սրանք ապրանքը թող արին ու ամենքը մի կռան վրա փախան: Մընին քշեցի, տարա քարափին դեմ արի: Որ քարափին դեմ էլավ, մին էլ տեսա ետ դառավ, թուրը հանեց, վրա քշեց թե՝ գլուխդ ազատի, միջիցդ կես եմ անում: Ոնց թե միջիցդ կես եմ անում– դագանակը պտտեցի, ուսախառը վեր բերի, ա՜ռ հա կտաս...

— Ա՜յ տո՜ւր, — բացականչեցին սարվորները:

— Շըրխկալով փռվեց, — վերջացրեց Չատին իր պատմությունը:

— Հա՜, հա՜, հա՜, հա՜, — քահ-քահ խնդացին սարվորները:

6

Այս դեպքից մի քանի շաբաթ անց էր կացել: Մի օր շները հաչեցին. դուրս եկան, տեսան մի պառավ քուրդ ձայն էր տալի բինի ներքևից:

— Ի՞նչ ես ուզում, ա՜ քիրվա:

— Չոբան Չատնի վրանն եմ ուզում, — ասավ քուրդը: Բերին չոբան Չատնի վրանը: Չատին հաց դրեց հյուրի առաջ: Դեսից-դենից խոսեցին, մինչև հացը կերավ, պրծավ: Երբ որ հացը կերավ, պրծավ, Չատին հարցրեց.

— Խեր ըլի, ընչի՞ համար է եկել քիրվա:

— Էստեղ մի քանի շաբաթ առաջ մի քուրդ են սպանե՞լ, — խոսեց հյուրը:

— Սպանել են, — պատասխանեց հովիվը:

— Ասում են՝ դու ես սպանել:

— Դրուստ է:

— Ես նրա հայրն եմ, — ասավ ծերունին: — Եկել ես, որ նրա արինը քեզ հալալ անեմ: Դու նրան ճամփին չես սպանել, իր ոչխարումը չես սպանել, իր տանը չես սպանել... Քանի անգամ ասի՝ ա՛յ որդի, ձեռը վեր կալ էդ հարամ ճամփից, հեռու կաց էդ ընկերներից. ուրիշները քեզ համար չեն աշխատել... ինձ չլսեց: Երևի էդպես մահը մոտեցել էր, — ասավ քուրդը ու գլուխը քաշ արավ, լռեց:

— Հավատիդ հաստատ կենաս, որ արդարն ես խոսում, — չորս կողմից ձայն տվին սարվորներն ու իրենք էլ լռեցին:

— Արինը քեզ հալալ, — բացականչեց ծերունին, — միայն մայրը... գիտես էլի, մայր է... չի հանգստանում... Շորերն ինձ տվեք, տանեմ, շորերի վրա լաց ըլի, իր սիրտը հովացնի, իր կարոտն առնի:

Չատին բերեց, ծերունուն հանձնեց արյունոտ քոլոզը, վահանն ու թուրը, մի ոչխար էլ առաջն արավ ու շներն անցկացրեց, տարավ ճամփու զցեց:

— Դե մնաս բարով, զավակս, — հրաժեշտ տվավ ծերունի քուրդը:

— Գնաս բարով, քիրվա՛:

ՄԱՅՐԸ

Ա

Մի գարնան իրիկուն դռանը նստած զրույց էինք անում, երբ այս դեպքը պատահեց: Եվ էս դեպքից հետո ես չեմ մոռանում էն գարնան իրիկունը:

Ծիծեռնակը բուն էր շինել մեր սրահի օճորքում: Ամեն տարի աշնանը գնում էր, գարնանը ետ գալի, ու նրա բունը միշտ կպած էր մեր սրահի օճորքին:

Ե՛վ գարունն էր բացվում, և՛ մեր սրտերն էին բացվում, հենց որ նա իր զվարթ ճիչով հայտնվում էր մեր գյուղում ու մեր կտուրի տակ:

Եվ ի՜նչ քաղցր էր, երբ առավոտները նա ծլվլում էր մեր երդիկին, կամ երբ իրիկնապահերին իր ընկերների հետ շարվում էին մի երկար ձողի վրա ու «կարդում իրիկնաժամը»:

Եվ ահա նորից գարնան հետ վերադարձել էր իր բունը: Ձու էր ածել, ճուտ էր հանել, ու ամբողջ օրը ուրախ ճչալով թռչում, կերակուր էր բերում ճուտերին:

Բ

Էն իրիկունն էլ, որ ասում եմ, եկավ, կտցումը կերակուր բերավ ճուտերի համար: Ճուտերը ճվճվալով դեղին կտուցները դուրս հանեցին բնից:

Էդ ժամանակ, ինչպես եղավ, նրանցից մինը, գուցե ամենից անզգուշը կամ ամենից սոված, շտապեց, ավելի դուրս ձգվեց բնից ու ընկավ ներքև:

Մայրը ճչաց ու ցած թռավ ճուտի ետևից: Բայց հենց էդ

վայրկյանին, որտեղից որ էր, դուրս պրծավ մեր կատուն, ճուտն առավ ու փախավ:

— Փի՜շտ, փի՜շտ, — վեր թռանք ամենքս, իսկ ծիծեռնակը սուր ծղրտալով ընկավ կատվի ետնից՝ նրա շուրջը թրթռալով ու կտցահարելով, բայց չեղավ: Կատուն մտավ ամբարի տակը: Եվ այս ամենն այնպես արագ կատարվեց, որ անկարելի եղավ մի բան անել:

Ծիծեռնակը դեռ ծղրտալով պտտում էր ամբարի շուրջը, իսկ մենք, երեխաներս, մի-մի փայտ առած պտտում էինք ամբարի տակը, մինչև կատուն դուրս եկավ ու փախավ դունչը լիզելով:

Ծիծեռնակը դատարկ կատվին որ տեսավ, մի զիլ ծղրտաց ու թռավ, իջավ դիմացի ծառի ճյուղին: Այնտեղ լուռ վեր եկավ: Մին էլ տեսանք, հանկարծ ցած ընկավ մի քարի կտորի նման: Վազեցինք, տեսանք՝ մեռած, ընկած է ծառի տակին:

Մի գարնան իրիկուն էր, որ այս դեպքը պատահեց: Շատ տարիներ են անցել, բայց ես չեմ մոռանում ոչ այս դեպքը, ոչ այն գարնան իրիկունը, երբ ես առաջին անգամ իմացա, որ ծիծեռնակի մայրն էլ մայր է ու սիրտն էլ սիրտ է, ինչպես մերը:

1909

ԵՂՋԵՐՈՒՆ

Մի սեպտեմբերի մեր գյուղացի որսկան Օսեփը ինձ գիշերակաց որսի տարավ Եղնուտի կիրճը: Գիշերներն էդ կիրճով եղջերուներն իջնում են ձորերն ու հովիտները, արածում են, արշալույսից առաջ ջուր են խմում ու էլ ետ իրենց «պնդոցն» են տալի:

Գնում էինք գիշերը մնանք բոստանչի Օվակիմի դափումը, որ լուսադեմին հասնենք որսատեղը պահելու:

Ես էի, որսկան Օսեփն էր ու մեր գյուղացի մի տղա, որ Օսեփի շալակտարն էր:

Մենք գնում էինք էն դաժան հրճվանքով, որով միայն որսի են գնում: Ճամփին որսից էինք խոսում:

— Որսը բախտի պես բան է, — ասում էր Օսեփը: — Մին էլ տեսար երևութք էլավ ու քամի դառավ կորավ: Անսովոր մարդը նրան հեշտ չի նկատիլ. կշփոթվի, կդողդողա, կփախցնի: Աչքդ առնելուն պես պետք է թվանքդ բացվի. թե չէ որ ուզեցիր նշան դնես, մինչև աչքդ ճպես, նա սարն անց կացավ:

— Հապա դուք ի՞նչպես եք որսի ման գալի, ուստա Օսեփ:

— Լավ որսկանը ման չի գալ, նա որսը կպահի, — պատմում էր որսկանը: — Գիտի, ո՞ր ժամանակին, ի՞նչ տեղ որսը ժաժ կգա՝ կգնա էն տեղը կպահի: Թե ման էլ գա, քիչ, էն էլ էնպես ման կգա, որ որսն իր քամին չառնի, թե չէ որսն էնպես սուր հոտառություն ունի, որ թե քու քամին (հոտը) նրա վրա էլավ– պրծար, որտեղ որ է հոտդ առավ կորավ:

Էսպես խոսելով իրիկունը հասանք բոստանչի Օվակիմի դափին: Ծերունի բոստանչին փետ էր հավաքել, կրակը վառել ու կողքին թինկը տվել:

— Բարի րիգան, Օվակիմ բիձա:

— Այ աստծու բարին ձեզ, դուք բարով եկաք. ա՛յ տղա, էդ ինչ լավ ղոնախներ եք: Ես հենց մենակ միտք էի անում, թե մի գրիցընկեր ըլի... էս հենց աստոծ հասցրեց ձեզ... — ուրախացած գողգոռում էր Օվակիմ բիձեն:

— Դու էն ասա՝ որս ա ժաժ գալի թե չէ, Օվակիմ բիձա, — անհամբեր հարց տվավ որսկանը:

— Այ տղա, մի անտեր պախրի բուղա կա, Օսեփ ջան, գիշերները գալիս ա լոբին ուտում ու գնում: Էնքան լոբիս փուչ արավ. թվանք չունեմ, շուն չունեմ... Պախրա մի ասիլ — մ՛ի սար ասա: Չարդախ ունի (պոզեր), ոնց որ մի կաղնի:

— Էդ մինը ոչինչ. բա իսկի բուղագոռոցի ձեն չի գալի՞:

— Այ տղա, էլ ասում ես, ինչ անես, քնահարամ են արել: Երեկ գիշեր էս վերի մատներումը հենց գոռում էին, որ գետինը որոտում էր:

— Հա՛յ հող ու ջրի աստոծ հա՜, — աղաղակեց որսկանը:

Օվակիմ բիձեն մեզ հրավիրեց, տակներս խոտ ածավ, ինքն էլ կրկին թինկը տվավ իր տեղը:

— Տղերք, ես որ խորը միտք եմ անում, տեսնում եմ, որ աշխարքի երեսին մարդիցն էլ վերը անիրավ շնչավոր չկա:

— Ի՞նչի, Օվակիմ բիձա:

— Ինչին էլ ո՞րին ես ասում. տեսնում ես՝ դուք թվանքներդ առել եք ետևներիցն ընկել, մենք էլ ուրախացել ենք, թե ինչ ա — մի պախրա կսպանենք, կուտենք: Ախր չէ՞ որ նա էլ մեզ նման շունչ կենդանի ա, իրեն կես գիշերին էրվելով գոռում ա, ձեն ա տալի, իր կովին կանչում. չէ՝ էն էլ նրա սերն ու մուրազն ա...

— Թե ձենը դուրս կգա՛, ես նրա սերն ու մուրազը նշանց կտամ, — ծիծաղելով բացականչեց որսկան Օսեփը:

— Չէ՛, շատ մեղք բան ա, շա՛տ, — գլուխը շարժելով կրկնեց բոստանչին ու ձենը ավելի բարձրացնելով, կանչեց.

— Տղերք, էս ա որ պախրիցը խոսք ընկավ, ես ձեզ մի բան պատմեմ:

— Պատմի, Օվակիմ բիձա:

— Մի տարի սարումն էի: Էկան, խաբար բերին, թե բա թոռդ հիվանդացել ա, քեզ ուզում ա, արի: Սարիցը վեր կացա, հիմի տուն եմ գալի: Ճամփին ծռվեցի, ասի կարելի ա որսից, բանից պատահի: Ման եկա, ման, մի տեղ տեսնեմ բրնուտումը մի բան խշխշացնում ա, թփերը ժաժ ա տալի: Ախպեր, էս թե մոշահավ ա, մոշահավի բան չի, թե անասուն ա, ի՞նչի չի երևում: Մի քար գցեցի թփուտը. մին էլ տեսնեմ մի պախրի ճուտի ականջներ ցցվեցին, էլ ետ ցածացան, ու սկսեց թփերը ժաժ տալ, ճամփա բաց անել, որ փախչի: Թվանքն երեսս կալա հենց թփերի էն ժաժ էկող տեղը: Թվանքը որ տրաքեց, սա վեր թռավ, դուրս ընկավ ու ետ գետնովը դիպավ: Տղերք, հիմի մի ձեն ա ածում, մի տնքում ա, ոնց որ մեռնող էրեխա: Ուստա որսկաններից լսել էի, ասի՝ էս ա սրա մերը ինձ տեսել ա, էստեղից փախել, որտեղից որ է հիմի ետ կգա: Մտա մի ծառի տակ ճամփա պահեցի: Շատ մնացի թե քիչ, մին էլ տեսնեմ իրես էկավ, բայց ոնց էկավ, ես տեսա, դուք ոչ տեսնեք — մի խոսքով մոր նման, թվանքի ձենը իր էրեխի վրա լսած մոր նման: Էկավ տեսավ իր ճուտը իրես անշունչ, արնակոլոլ մի ծառի տակ փռված: Տղերք, դունչը մեկնել ա, ոնց ա տխուր մզզացնում, ոնց ա վերքը լիզում... Թվանքը վեր կալա, էդտեղից քաշվեցի, էկա տուն: Էկա տուն. էկա տեսա էրեխեն դժար ա, հոգու հետ կռիվն ա տալի, տնքում ա: Տղերք, էն օրը չի, էն օրվա աստոծն ա. էնպես էն պախրի ճուտի նման ա տնքում, որ աչքս խուփ եմ անում, հենց իմանում եմ դեռ էն թփի կողքին եմ կանգնած: Վերջապես, էրեխեն մեռավ. հիմի մերը ընկել ա վրեն — բառանչում ա... Ասում եմ, փառքդ շատ ըլի աստոծ, ի՞նչ ա մեր ու էն սարի պախրի զանազանությունը — ոչինչ... ամենի սիրտն էլ սիրտ ա, ամենի ցավն էլ-ցավ...

Օվակիմ բիձու տխուր պատմության տպավորության տակ միաժամանակ լուռ էինք:

— Օվակիմ բիձա, չէ որ ասում են պախրեն էլ տեր ունի, — խոսեց շալակտար Ղազարը:

— Ունի բաս, պախրեն մեծ տեր ունի:

— Ետնա էդ դրո՞ւստ բան ա:

— Դրուստ ա, բաս: Որսկան Փիրումն ինքը գլուխ որսկան էր ու նրա գնդակը իր օրումը գետին չէր ընկած: Մի անգամ մի պախրա ա վիրավորում: Պախրեն փախչում ա, սա ընկնում ա ետնիցը: Քշում ա տանում հասցնում Ջորավոր կաղնըքու տակը: Էստեղ, Ջորավոր կաղնըքու տակին պախրեն չոքում ա. պախրեն չոքում ա-որսկան Փիրումը թվանքն երեսն ա կալնում: Հենց էս տժժան րոպեին Ջորավոր կաղնըքուց մի դուռն ա բացվում, մի սիրուն հարսն ա դուրս գալի. էս սիրուն հարսը դուրս ա գալի՝ որսկանի դեմը ծըղրտում.

— Ի՞նչ ես հալածում իմ անմեղին, անիրավ մարդ, ի՞նչ ա արել քեզ: Ազա՛հ, ոչ կշտանաս դու, որ չես կշտանում լիքն աշխարհքում: Թվանքդ արնով լցվի, գնդակդ խմոր դառնա, չորանա էդ թվանքը բռնող կուռը...

Միայն որսկան Փիրումը խելոք մարդ էր — գլխի ա ընկնում, որ էս որսի տերն ա, ձեռաց թվանքը զցում ա մի ծառի ճյուղքի, անիծելուն պես ծառի ճյուղքը տեղն ու տեղը չորանում ա:

— Օվակիմ բիձա, ուրեմն էդ ա, որ ասում են որսկանությունը անիծած ա:

— Անիծած ա, բաս, մին որսկանությունը, մին էլ ձկնորսությունը, երկուսն էլ անիծած են: Հնուց դրած նզովք ա, որ որսկանի ու ձկնորսի փորը կշտանա ոչ: Որսկանի վրա Քյարամն էլ նզովք դրեց: Երբ էրվելով իր Ասլու տնից ման էր գալի՝ մի վիրավորված պախրա տեսավ: Տեսավ՝ անասունը մղկտալով շունչը տալիս ա, հորթն էլ մոլորած մնացել ա կողքին կանգնած, էս տեղ սազն առավ ու մի խաղ ասավ:

Մենք խնդրեցինք Օվակիմ բիձուն, որ էդ խաղն ասի մեզ համար, ու ծեր բոստանչին իր պառավ ձենով, խարույկի առաջ երգում էր մութը ձորում.

Հե՜յ պարոններ, տեսա կանանչ զարունքին՝
Էս սարերում լաց էր լինում մի պախրա.
Միրուն հորթը մոլոր կանգնած իր կողքին՝
Էս սարերում լաց էր լինում մի պախրա:

Գրնդակն առած զրնում էր փուչ աշխարհքից,
Գանգատվելով մարդու անգութ արարքից,
Արյուն տալով, մրղկրտալով իր վերքից
Էս սարերում լաց էր լինում մի պախրա:

Աստված սիրող՝ որսին թրվանք չըբռնի,
Երկինք սիրող՝ որսի միսը թող չառնի.
Դարդոտ Քյարամ տեսավ ծովում արյունի՝
Էս սարերում լաց էր լինում մի պախրա:

***

Ամենքը քնեցին. ես մնացի զարթուն: Գիշերն էս տեսակ տեղերում անսովոր մարդը չի կարողանում քնել, հազար ու մի ձեն է լսում, հազար ու մի բան է երևակայում:

Էն անշուշտ գիշերվա հովն էր, որ շարժում էր սիմինդրները, բայց ինձ թվում էր, թե Օվակիմ բիձու ասած պախրեն էր բոստանը մտել: Գիշերվա մթության մեջ հեռվում սև կերպարանքներ էին երևում ու կարծես շարժվում էին:

Ու անքուն էի ես:

Գիշերվա մի ժամին դուրս եկա դափի դուռը: Պարզ աշնանային գիշեր էր: Չոր ցուրտը սեղմում էր: Ձորերը խուլ թշշում էին: Նրանք էլ ասես քնել էին, Օվակիմ բիձու նման փշշացնում էին խոր ու հանգիստ:

Բայց Քարվան-ղրան աստղը արդեն դուրս էր եկել. մեր ճամփա ընկնելու ժամանակն էր: Ես վեր կացրի իմ ընկերներին: Նրանք շտապով հագան իրենց տրեխները ու վեր կացանք դեպի Եղնուտի կիրճը...

***

Արշալույսից առաջ մենք դարան էինք մտած Եղնատի կիրճում: Ես իմ դիրքից պահում էի առաջիս ընկած բացատը: Դիմացս կանգնած էր խոր ու անթափանցելի մութն անտառը:

Հետզհետե գիշերվա խավարն սկսեց նոսրանալ: Ժայռերը խոժոռ, քնաթաթախ դուրս նայեցին աղջամուղջի միջից: Երկինքն սկսեց գունատվել ու պարզվել: Ապա երևաց Եղջերուն-Լուսաստղը: Վեր կացավ վաղորդյան զեփյուռը: Ծաղիկները շարժեցին իրենց գլխիկները, խոտերը դողդողացին, տերևները շրշացին: Անտառն սկսեց զարթնել: Մոտակա թփից մի ծիտ ճկաց, մի ուրիշը՝ մյուս թփից, մեկն էլ հեռվից...

Ես աննկատելի դուրս էի եկել իմ թաքստոցից ու զմայլած դիտում էի շուրջս-բնությունը, էն սրբազան ժամին, երբ ծագում է առաջին լույսը:

Հանկարծ մի ձայն... չորացած ճյուղ կոտրվեց մոտիկ անտառում: Նայում եմ էն կողմը: Անտառը տակավին մութն է: Աչքս չի որոշում, թե ինչ կա էնտեղ, միայն պարզ լսում եմ զգույշ ոտնաձայնը, որ խաշամը կոխելով առաջ է գալի– խը՛շտ, խը՛շտ, խը՛շտ... Բան չի երևում, բայց դարձյալ խը՛շտ, խը՛շտ, խը՛շտ, մոտենում է ավելի ու ավելի... Եվ, ահա, դուրս եկավ...

Ես առաջին անգամն էի տեսնում եղջերուն ազատ բնության մեջ: Նա դուրս եկավ մի խաղաղ հպարտությամբ, վեհ ու չքնաղ, ինչպես բնության էն ամեն գեղեցկությունների տերն ու թագավորը: Կիսովին, դեռ անտառի մթության մեջ կանգնեց, թուխ դունչը դրավ գետնին, ապա թե գլուխը բարձրացրեց, վայրենի շնորհքով ոլորեց երկայն վիզը ու նայեց իմ կողմը:

Ամենազեղեցիկ հայացքը, որ ես տեսել եմ իմ կյանքում:

Ես շփոթվեցի, ամաչեցի, ուզեցի թաքցնել հրացանս... Շարժվեցի թե չէ, նա շտապով ետ թեքեց իր կարապի վիզը. վիզը ետ թեքելուն պես հարևան դիրքից որոտաց որսկան Օսեփի հրացանը: Հրացանի ձայնից անտառը որոտաց ու սկսեց ճռճռալ: Էն եղջերուն էր փախչում:

— Հա՛յ քո տունը չքանդվի, — ինձ հանդիմանելով դուրս թռավ որսկանն ու վազեց դեպի մոտիկ բլուրը, տեսնի ո՛ր կողմից կերևա փախած որսը: Առավոտը բացվում էր, և էնքան լուս էր, որ կարողացանք կանաչ խոտերի վրա գտնել թարմ արյան հետքը:

Վիրավորված էր եղջերուն: Արյան հետքը բռնեցինք ու գնացինք որոնելու:

— Էնքան որ արյուն է տվել, ինչքան ուզում է գնա՝ մերն է, — հայտնեց որսկան Օսեփը:

***

Իրիկնապահին նրան գտանք մի խոր անտառում: Նա ընկած տեղից իր երկայն վիզը մեկնեց մեզ վրա: Ես տեսա՝ ինչպես չէր կարողանում գլուխը պահի, շարժում էր անդադար ու նայում էր մեզ իր պղտոր, շըշկլած, անորոշ հայացքով: Հանկարծ կարծես գլխի ընկավ, աշխատեց վեր կենա, ծնկները վեր բարձրացրեց ու կրկին ճղփալով ընկավ իր արյան մեջ մի ծանր, անզոր թառանչով:

Որսկանը վրա վազեց... Ես ուզեցի մի բան ասեմ, ամաչեցի... Նա բռնեց եղջերուի գլուխը, ոլորեց գեղեցիկ վիզը... Ես կրկին ուզեցի մեջ մտնեմ... դարձյալ սիրտ չարի... Եվ ահա դաշույնը փայլատակեց:

Ես երեսս շրջեցի, իբրև թե սարերին եմ նայում: Ետնից մի խուլ տնքոց լսեցի... ու, չգիտեմ ինչու, սկսեցի մտածել կյանքի ու մահվան մասին, և էնպե՛ս տգեղ էր թվում ինձ կյանքը...

1910

ՆԵՍՈՅԻ ՔԱՐԱԲԱՂՆԻՍԸ

Կիրակոսը մրսել էր, անկողին էր ընկել, տանջվում էր տաքության մեջ: Հարևանները հիվանդի շուրջը հավաքված օդեն լիքը զրույց էին անում, չիբուխ քաշում:

— Տղե՛ք, սա որ քրտնի ոչ, բան չի դառնալ, էկեք սրան մի քարաբաղնիս անենք, — ծխի միջից առաջարկեց Նեսո բիձեն:

— Հա, էդ խելքս կտրեց, — հավանություն տվեց մի ուրիշը:

— Դրան էլ ուրիշ ճար չկա, — ձեն տվին էս ու էն կողմից:

— Կիրակո՛ս...

— Հը՞:

— Ասում ենք քարաբաղնիս անենք, ի՞նչ ես ասում:

— Վախենում եմ... չդիմանամ...

— Տո՛, կդիմանաս, էրեխա հո չե՛ս:

— Դե... դուք գիտեք... ձեզ... մատաղ:

— Ա՛ղջի, պղինձը ջուր լցրեք բերեք. մի փեշ էլ քար բերեք կրակն ածենք տաքանան:

Պղինձը դրին կրակին, քարերն ածին կրակի մեջ ու նստոտեցին: Նեսո բիձեն սկսեց պատմել, թե քանի հոգի են ազատվել քարաբաղնիսով. Մատնանց Դանելը, Մաթոսանց Մինասը, Ծատուրանց Ստեփանը, Մաշկավորանց Միկոն–մինչև որ ջուրն եփ էկավ, քարերն էլ կարմրեցին:

— Դե ժամանակն ա, վե՛ր կացեք:

— Տղե՛ք, վախում եմ... — կանչեց հիվանդը:

— Դու սո՛ւս կաց: Աղջի, մի երկու հաստ լեհեբ բերեք, մի չորս ու հինգ ուժով տղեք էլ էկեք էստեղ:

Շորերով փաթաթած եռման ջրով լիքը պղինձն ու հիվանդին դրին իրար հետ, կարմրած քարերը լցրին ջրի մեջ. քարերը թշշացին, ամպի նման գոլորշին սկսեց բարձրանալ, շտապով վերմակները ծածկեցին ու չորս կողմից վրեն պինդ նստոտեցին:

— Վա՛յ, խեղդվեցի՛, — խուլ գոռում էր հիվանդը:

— Խեղդվիլ չես... տղեք, պինդ նստեցեք: Գլուխն ու ոտները ամուր պահեցեք:

Հիվանդը աղաղակում էր, օրհասական ջանքեր էր անում շարժվելու, բայց հինգ-վեց աժդահա տղամարդ վրեն նստած չէին թողնում:

— Ո՞ւր ես գնում, — կանչում էին էս ու էն կողմից, վերևից սեղմում ու հռհռում:

— Հիմի թե չքրտնի՛:

Ու Նեսո բիձեն, հիվանդի վրեն նստած, չիբուխը բերանին շարունակում էր իր պատմությունը:

— Մի տարի էս մեր Աբգարն էլ էսպես մրսել էր: Ղանթափա ծաղիկ բերին չայ շինեցին խմացրին, պրաշոկ բերին, ջուր արին, տվին իրան, քացախ քսեցին, բան չի դառավ:

Ասի՝ տղեք, բերեք ես դրան մի քարաքաղնիս անեմ: Թե՝ դե դու գիտես: Բերի մի թեժ կրակ արի, Գարան տատի պռունգը կոտրած պղինձը ջուր լցրի վրեն դրի, քար հավաքեցի ածի շեղջը: Ջուրն եփ էկավ, քարը կարմրեց: Սա թե՝ վախում եմ: Ախր նա էլ սրա նման մի լեղապատառ օքմին ա:

— Աղա, ընչի՞ ես ասում, Աբգարը հո սրտոտ մարդ ա:

— Վա՛յ է՛, նրա սրտոտը որն ա: Մի աշունք ես մի արջի բուն գտա: Էկա ասի՝ Աբգար, արջի բուն եմ գտել, արի գնանք արջին բնիցը հանենք: Գնացինք: Ես մի ձող վեր կալա էս արջի բունը խըրխըթորեցի: Մին էլ հանկարծ էն անտեր արջը դուրս եկավ ու ինձ կալավ: Աբգար, քոմագ հա քոմագ: Ո՞վ կտա Աբգար — մին էլ տեսնեմ իրեն փախած գնում ա: Արջի ձեռիցը մի կերպով պրծա էկա տուն: Ասում եմ, աղա, դու էս ի՞նչ արիր: Թե՝ էկա տուն, որ թվանք բերեմ: Սուտ: Վախիցը փախավ:

— Էն էի ասում — հիմի սա կանգնել ա, թե Նեսո ջան, վախենում եմ, ինձ քարաբաղնիս մի՛ անիլ:

Ականջ չի դրինք, բերինք կեծացած քարերն եփման ջուրը լցրինք ու հենց էնպես բուղը վեր ըլելով սրա հետ կոխեցինք տեղի տակը. — վա՛յ, մեռա հա, մեռա: Լողն ո՞վ ա: Վրեն նստոտեցինք: Ես եմ, էս մեր Ղուկասն ա, Փիլոն ա, Գաբոն ա, Արաթն ա: Հիմի սա տակից գոռում ա, ո՛նց ա գոռում... Էնքան գոռաց, մինչև դինջացավ բաց արինք, տեսանք ջուր ա կտրել: Էն էր ու էն, լավացավ, տեղիցը վեր կանգնեց ողջ, առողջ մարդ:

Նեսո բիձու պատմությունը որ վերջացավ, վեր կացան վերմակները ետ քաշեցին: Գոլորշին օդեն բռնեց: Բայց Կիրակոսը...

— Կի՛րակոս:

Ժաժ չի գալի:

— Կի՛րակոս...

Պատասխան չի տալի:

— Կիրակո՛ս — ձեն տվին, շարժեցին, քաշքշեցին: Կիրակոս չկա:

— Ա՛յ տղա, էս ո՞նց էլավ, — մոլորված արտասանեց Նեսոն: Մյուսները լուռ էին:

— Վա՛յ, տունս քանդվե՛ց... — Ծղրտաց Կիրակոսի կինը: Իրար իրիրելով տղեքը դուրս էկան կտուրը: Ու մինչդեռ ներքև Կիրակոսի կինը սուգ էր անում, կտերը արևում նստոտած տղեքը պատմում էին, թե քանի-քանի հոգի են խեղդվել քարաբաղնիսից

Հանըսանց Հարոնը, Մելիքանց Վանեսը, Հախվերդոնց Աղեն, Շիմալանց Շամիրը... ո՞ր մինն ասես:

— Տո՛ դե ճակատի գիր ա էլի, հո նրանց էլ Նեսոն չի խեղդել:

Նեսոն լուռ, գլուխը կախ արած լսում էր ու չիբուխ էր քաշում:

ՔԵՌԻ ԽԵՉԱՆԸ

— Բարի լիս ձեզ:

— Ա՛, բա՛րով, բա՛րով, քեռի Խեչան: Աղջի, չայ բերեք, հաց բերեք, արաղ բերեք քեռի Խեչանի համար: Է՛, խեր ըլի, քեռի Խեչան, ի՞նչ կա, ի՞նչ է պատահել, որ դու քաղաք ես եկել:

— Ինչ պետք է պատահի. ձեր կարոտն էինք քաշում: Ասի՝ մեռնիլ կա, ապրիլ կա, մի գնանք տեսնենք:

— Շնորհակալ ենք, շնորհակալ ենք, քեռի Խեչան:

Քեռի Խեչանը դեսից-դենից խոսելով թեյ խմեց, հաց կերավ, վերջը լոեց ու սկսեց չիբուխ քաշել:

Մին էլ չիբուխը բերնից հանեց թե՝

— Բա էս ո՞նց պըտի ըլի:

— Ինչը, քեռի Խեչան:

— Էս, որ էրեխին սալդաթ են տանում:

— Չգիտեմ... ես ի՞նչ կարող եմ անել...

— Էլ ինչը ո՞րն ա, հրեն քեռեկինդ նստած լաց ա ըլում:

— Դե ասա, ինչ որ կարող եմ անել, — պատրաստ եմ:

— Ասում եմ՝ գնանք մի մետրիկեն հանենք. տեսնենք ինչ ենք անում:

— Լա՛վ, համեցեք գնանք:

Գնացինք կոնսիստոր:

Դիվանապահին խնդրեցի՝ քեռի Խեչանի ցույց տված

թվականի մետրիկական մատյանները հանեց, ման եկանք, քրքրեցինք, քեռի Խեչանի տղեն չկա:

— Էդ ո՞նց ա, ախպեր:

— Դե չկա էլի, քեռի Խեչան:

— Հլա մի քանի տարի էլ ցած մտիկ արեք, կարելի՛ ա սխալվել ենք:

Նոր մատյաններ բերինք, ման եկանք, նրանց մեջ էլ չկա:

— Մենք սխալվել ենք.. անպատճառ սխալվել ենք էլի, — կրկին խոսեց քեռի Խեչանը: Էրեխեն իմ հաշվով մեծ պետք է ըլի: Մթամ պետք է աշեի բարձր մտիկ արեք, ցած եմ ասել:

— Լավ, քեռի Խեչան, բարձր էլ մտիկ կանենք:

Նոր մատյաններ բերինք, նորից ման եկանք: Դարձյալ չկա:

— Չկա, քահանեն գրել չի:

— Բա էս ո՞նց պըտի ըլի:

— Դե որ չկա՝ ի՞նչ անենք... Գնանք, քեռի Խեչան:

— Գնալով ո՞նց կըլի... հրեն քեռեկինդ նստած լաց ա ըլում:

— Դե ինչ անենք, որ չկա:

Դուրս եկանք: Մի հիսուն քայլ գնացինք, քեռի Խեչանը կանգնեց:

— Կա՛ց հլա:

— Ի՞նչ կա, քեռի Խեչան:

— Մըթամ էս ո՛ւր եկանք, ուր ենք գնում:

— Մեր տունն ենք գնում, էլի:

— Ետո էդ էլավ որ...

— Բա ի՞նչ անենք:

— Ախր էնտեղից էստեղ քու անունը տվել եմ եկել, հիմի որ գնամ՝ ի՞նչ խաբար տանեմ:

— Դե ի՛նչ անեմ, քեռի Խեչան, մատյաններն էն էին, էնքան տարի տեսանք, տակնուվրա արինք — չկա:

— Ո՞նց թե չկա. էն ոնց ա ամենի տղեն էլ կա, հենց իմը չկա...

— Դե որ էդպես է, ի՛նչ անենք:

Քեռի Խեչանը մինչև տուն բան չխոսեց:

— Հը՞, ինչ արիք, — հարցրեց կինս:

— Դեռ հալա տեսնենք, — պատասխանեց քեռի Խեչանը:

— Էլ ի՞նչ տեսնենք, մատյանումը գրած չէ, վերջացավ գնաց, — մեջ մտա ես:

Քեռի Խեչանը տնքաց:

— Վերջացավ, վերջացավ, ես էլ ինչ ճամփով եկել եմ, էն ճամփովն էլ ետ կերթամ մեր տունը, — վճռեց ու վշտացած նստեց, սկսեց չիբխին զոռ տալ:

Ճաշի ժամանակն եկավ: Լուռ նստած ճաշում էինք. հանկարծ քեռի Խեչանը ճաշն ընդհատեց ու ինձ դիմեց.

— Բաս ես որ հիմի գնամ՝ քեռեկնկանդ ի՞նչ ասեմ:

— Ընչի՞ համար:

— Էս մետրիկականի:

— Վա՛հ, չկա, չկա, քեռի Խեչան. տերտերը գրել չի, չկա:

— Է՛, դե ասում ես, է՛լի:

— Ի՞նչպես թե ասում ես, էլի. քեզ ասում են — չկա:

Քեռի Խեչանը դարձյալ տնքաց ու չիբուխը սարքեց:

Ճաշից հետո մտա իմ առանձնասենյակը, որ հանգստանամ: Մտածում էի, թե ինչ տեսակ մարդիկ են մեր գյուղացիք,..

Մին էլ տեսնեմ ներս մտավ քեռի Խեչանը:

— Քնո՞ւմ ես:

— Հա՛:

— Բա էս քնելու ժամանակ ա՞:

— Բա՛ ինչ անեմ, քեռի Խեչան:

— Ախր ես եկա էստեղ մնացի, բա ի՞նչ ես անում:

— Ի՞նչ անեմ, քեռի Խեչան:

— Էս մետրիկի համար բա ի՞նչ ես ասում:

— Վա՜հ, զարմանալի մարդ ես, ա՜յ մարդ, քեզ հայերեն ասում են՝ չկա՛, չկա՛, քեռի Խեչան:

— Դե լավ, լավ, էլ ինչ ես նեղանում, չկա, ես էլ կգնամ մեր տունը: Մնաք բարով, — ու քրթմնջալով դուրս գնաց:

— Գնաս բարով. դե ինչ անեմ, որ չկա:

Վեր կացա, տեսնեմ քեռի Խեչանը պատշգամբում նստած չիբուխ է քաշում: Գլխարկս վերցրի, որ տանիցը դուրս գամ:

— Էդ ո՞ւր ես գնում, — ետևիցս կանչեց քեռի Խեչանը, — բա ի՞նչ ես ասում...

— Բան չեմ ասում:

— Գնո՞ւմ ես...

— Հա՛:

— Էլ մետրիկեն չես տեսնի՞լ...

— Չէ՛, չեմ կարող:

Էս պատմությունից հետո քեռի Խեչանը գնացել էր գյուղումը պատմել, թե իր տեղը նեղ էր, եկել էր քաղաք՝ ինձ խնդրել, որ օգնեմ, իսկ ես ասել էի՝ չեմ կարող, ու ոչ նրա խոսքին էին ականջ դրել, ոչ երեսին էին մտիկ արել:

1911

ԱԼԼԱՀԻՑ ՂՐԿՎԱԾ

(Մի հիշողություն թուրք-հայկական ընդհարումներից)

1905 թվի աշնանն էր, թուրք-հայկական ընդհարումների ամենակատաղի ժամանակը: Ես իմ հայրենիքում էի — Լոռու սարերում: Մենք մի ժողով արինք ու որոշեցինք, թե՝ լոռեցիներս չենք կռվում մեր հարևան թուրքերի հետ, որովհետև եթե ուժեղ ենք՝ անխղճություն է դա, իսկ եթե թույլ ենք՝ հիմարություն է: Բարձրացնում ենք սպիտակ դրոշակ և աշխատում ենք սերն ու խաղաղությունը պահել մեր սարերում ու ձորերում:

Բայց շուտով պարզվեց, որ սերն ու խաղաղությունը շատ են խրթին բառեր, և լավ չեն հասկանում ո՛չ հայը, ո՛չ թուրքը: Մարդիկ գազան էին կտրել, թողնված էին իրենք իրանց, և ոչ միայն հայը թուրքին է ուտում, թուրքը հային, այլև թուրքը թուրքին, հայը հային:

Եղբայրն եղբորը չէր խնայում, ընկերն ընկերին, հարևանը հարևանին, մեծը փոքրին, զորեղը տկարին: Իհարկե, այս աշխարհքում անկարելի է կատարյալ սեր ու խաղաղություն պահել:

Եվ ահա մի օր էլ տեղեկություն է գալիս, թե այսինչ տեղը մի քանի մահեմեդական են սպանված: Կենդանի մնացածները փախել են X կայարանը:

Մի խումբ ձիավորներով շտապում ենք X կայարանը: Կայարանը գրեթե դատարկ է: Գնացքների երթևեկությունը դադարած է, ծառայողներն ու առևտրականները ցրված: Լոռու ձորերի երկարությամբ ոռնալով փչում է նոյեմբերի ցուրտ քամին: Կայարանի առջև, ճանապարհի մեջտեղը կանգնած է մի մենակ մարդ:

— Փախածներից մինն է, — բացատրում են կողքիս ձիավորները:

Դեռ բավական հեռու ենք: Նա մեզ չի նկատել: Երեսը հակառակ կողմը կանգնած է օտար, մենակ, դատարկ, ահռելի ձորում, թշնամու հողում:

Մի որոշ տարածության վրա կանգ առանք, իջանք ձիերից: Ես դիմեցի դեպի նրան: Շտապում եմ մի րոպե առաջ ուրախացնել նրան, թե ապահով է ու գտնվում է իր եղբայրների մեջ, ուզում եմ մի րոպե առաջ վայելել այդ վայրկյանի գերազանց հաճույքը: Մեր ձիաներից մինը խրխնջաց: Նա ետ նայեց, տեսավ զինված մարդկանց բազմությունը, տեսավ ինձ, որ գնում եմ ուղիղ իրեն վրա ու սարսափահար տեղիցը թռավ... Թռավ, բայց ուր գնա... Մտավ կայարանի դռան տակն ու կուչ եկավ: Ես վազեցի:

— Մի՛ վախիր, մի՛ վախիր...

Բայց նա արդեն բառաչում էր սարսափով լիքն աչքերը հառած երեսիս:

— Մի՛ վախիր... ինչո՞ւ ես վախենում... ամոթ չի՞...

Բայց նա իմ բառերը չէր լսում, բառաչում էր ավելի զարհուրելի, և երբ իրեն հասա, անխուսափելի օրհասը տեսնելով առաջին, մի վայրկյան ուզեց մի բանով պաշտպանվել և, ասես թե հանկարծ հիշելով, ձեռքը տարածեց դեպի ջինջ կապույտ երկինքը ու սպառնալի աղաղակեց.

— Ալլա՛հ...

— Ալլահը կա հապա՜... Քանի որ նա կա՝ ընչի՞ց ես վախենում. վե՛ր կաց:

Ձեռքը բռնեցի, նա վեր կացավ: Ինձ թվաց, թե դեռ լավ չէր հավատում, և կարծես ստուգելու համար մին էլ ցույց տվեց երկինքը:

— Ալլահ վար... (Աստված կա):

— Մի՛ վախիր, արի՛, ինձ հետ արի:

Նա սառած, դողալով գալիս էր իմ կողքին: Հանկարծ փղձկաց ու սկսեց լաց լինել:

— Ինչո՞ւ ես լաց լինում, ումի՞ց ես վախենում... Դու մեր դոնաղն ես... մեր ախպերն ես...

— Ախր չէ՞ որ ալլահ կա էնտեղ...

— Կա, կա. մի՛ վախենար...

Ես նկատեցի, թե ինչպես ավելի սկսեց նա դողալ, երբ մոտեցանք մեր ձիավորներին: Երբ հասանք՝ նրանց էլ ցույց տվեց երկինքը:

— Ալլա՜հ...

Մի գյուղացի, որ ճանաչում էր սրան, առաջ եկավ. — Բարով Բայրամ, ասավ, ու սկսեց հանդիմանել.

— Այ մարդ, չես ամաչո՞ւմ, լաց ես ըլում: Փառք աստծու՝ ազատվել ես՝ էլ ինչի՞ ես լաց ըլում. ամոթ չի՞:

— Ձեզ դուրբան, ես էլ ձեր ախպերն եմ...

— Իհարկե մեր ախպերն ես... Մի՛ վախենար, աղի հետ գնա:

Ես ներս տարա նրան այն սենյակը, որ պատրաստել էին ինձ համար. ասի, որ ոչ ոք ներս չմտնի, առանձին խոսելիք ունեմ հետը:

Տաք սենյակում վառարանի մեջ ճարճատում էր թեժ կրակը:

— Նստի, Բայրամ:

Նա նստեց կրակի դեմը՝ թախտի վրա: Ես նկատեցի, թե ինչքան էր ուժասպառ եղած: Ուզեցի հաց բերել տամ ուտի, արգելք եղավ:

— Երկու օր է հաց չեմ կերել, բայց իշտահի չունեմ իսկի. շատ եմ բեզարած... քունս է շատ տանում...

Եվ ընդարմացած թեքվում էր դեպի մութաքեն:

— Մարդը չի կարող իմանալ, թե ինչ կա իր առջևը պահված, — սկսեց խոսել ասես ինքն իր հետ: — Պարսկաստանի խորքից վեր կացա եկա աշխատանք անեմ, տանեմ քյուլփաթ պահեմ — էս պատահեց...

— Հանգստացի՛ Բայրամ, հանգստացի՛...

— Ամեն բան սուտ է, մենակ ալլահն է ճշմարիտ...

— Ճշմարիտ ես ասում:

— Ամենքս ալլահով մին ենք:

— Մին ենք, — կրկնեցի ես:

— Նա է քեզ ղրկել, — մրմնջաց վերջին անգամ:

Ես լռեցի:

Նա քնեց: Ես նայում էի նրան և ինձ թվում էր, թե նա հանգստանում էր ալլահի հովանավորության տակ, որ ասես թե նայում էր վերևի ջինջ կապույտից, իսկ ես նրանից պահապան էի կարգված, որ ոչ ոք չխանգարի Բայրամի հանգիստը: Ես այն րոպեին զգում էի իմ պաշտոնի ամբողջ վեհությունը, և ոչ ոք չէր կարող խանգարել նրա հանգիստը:

ՈՒՐԱԽ ԳԻՇԵՐ

Ինչքան ծիծաղեցին էն գիշեր...

Ամենքը գաղթականներ էին: Նոր էին Թիֆլիս հասել: Ջանոն էլ նրանց հետ էր: Իր հոր փեշիցը բռնած նա անց էր կացել ձյունոտ սարերով, ամայի, ցուրտ դաշտերով, երկա՜ր-երկա՜ր ճանապարհի:

Նա չէր հասկանում, թե ինչու պատահեց էն ամենը, ինչ որ ինքը տեսավ. էն հրացանների ճայթյունը, էն աղաղակը, էն ծուխն ու կրակը, էն փախուստը, որ փախչում էին ամենքը, ամենքը... Եվ չէր հասկանում, թե ինչպես եղավ, որ իր մայրիկը կորավ էն ժամանակ:

Հայրիկը փախցրեց իրեն ու իր փոքրիկ եղբորը-Սուրիկին: Ամբողջ ճանապարհին հայրիկը պինդ գրկած էր Սուրիկին, իսկ Ջանոն բռնած էր փեշից: Ճանապարհին հաճախ լաց էր լինում Սուրիկը: Հայրիկն աշխատում էր նրան տաքացնել ու հանգստացնել.

— Սո՛ւս, Սուրիկ ջան, սո՛ւս: — Ամեն անգամ Ջանոն էլ հոր ետևից կրկնում էր. «Սո՛ւս, Սարիկ ջան, սո՛ւս», ու միշտ էլ ավելացնում էր՝ «մայրիկը հիմի կգա»: Նա զարմանում էր, թե ի՞նչու հայրիկն էլ չի ասում՝ մայրիկը կգա: Հայրիկը հենց ասում էր՝ կհասնենք Թիֆլիս... կհասնենք Թիֆլիս...

Վերջապես հասան Թիֆլիս:

Մի մութը, մռայլ ու ցեխ աշնան իրիկուն էր, որ հասան Թիֆլիս: Ջանոն մտածում էր, թե Թիֆլիսում կարոտած մարդիկ են սպասում իրենց, որ դեմ կգան կգրկեն, կհամբուրեն. գուցե և մայրիկը նրանց մեջ լինի: Ոչ ոք չերևաց: Ամենքը անց էին կենում նրանց կողքով: Մինչև անգամ նրանք, որ մոտենում մի բան էին տալի կամ հետաքրքրվում, այնպես էին վերաբերվում՝ ինչպես աղքատների: Եվ այստեղ իմացավ նա առաջին անգամ, որ հայրիկն էլ հայրիկ չի, ոչ Սուրիկը՝ Սուրիկ, ոչ էլ ինքը՝ Ջանո, այլ «գաղթականներ» են: Հայրիկը ու մյուս գաղթականները գնացին ման եկան, շատ խնդրեցին սրան, նրան, ցույց տվին-երեխաների վրա, որ հոգնած էին, մրսում էին, երկար խնդրեցին, երկար սպասեցին, մինչև որ բերին էս տունը:

Միակ լամպը աղոտ լուսավորում էր հին մեծ սրահը մի ծայրից մյուսը: Պատերի երկարությամբ տեղավորվել էին գաղթականները ընտանիք-ընտանիք: Ջանոյի հայրն էլ իր երկու երեխաների հետ մի անկյունում էր տեղավորվել: Հայրիկը թինկը տված՝ ծոցն էր առել Սուրիկին, իսկ Ջանոն մի զույգ կոշիկ գրկին նստած էր նրանց կողքին: Ու էնպես լավ էր զգում Ջանոն իրե՜ն... էլ չկար էն երկյուղը, որ տեսան, էլ չկային երկար, ցուրտ ճամփեքն ու սովը: Տաք սենյակում հաց էր կերել, ու հոգնությունից հետո մի ախորժելի հանգիստ էր զգում: Քունը տանում էր թեև, բայց նա մտածում էր էն փոքրիկ աղջկա վրա, որ ժպտալով իրեն նվիրեց գոգին դրած կոշիկները: Ի՜նչ լավն էր էն աղջիկը, ի՜նչ լավն էին նրա ժպտուն, զվարթ աչքերը, ի՜նչ լավն էր էն տաք ապահով սենյակը, ի՜նչ լավն էր էն գիշերը...

Քաղաքում մի խումբ տիկիններ հնամաշ շորեր էին հավաքել ու բաժանում էին գաղթականներին: Գաղթականներից ոմանք ստացած շորերն էին շինում, հարմարեցնում իրենց, ոմանք հաց էին ուտում, ոմանք ծխում ու զրույց անում:

Էն գիշեր ամենքն էլ լավ էին զգում իրենց, ամենքն էլ ուրախ էին: Իրենցից որը ներս էր գալի՝ քաղաքացու մի որևէ շոր հագին կամ կրկնակոշիկները ոտներին, էս ու էն կողմից սրախոսում էին, ծիծաղում, ուրախանում: Մանավանդ երբ ներս եկավ էն խեղկատակ Մարտոն: Ամեն ծիծաղելի բան էլ հակառակի նման հենց նրա հետ էր պատահում: Չգիտես ում խելքին էր փչել մի հին ցիլինդր էին տվել նրան ու մի թևը կտրած հովանոց: Եվ ահա գաղթականների ուրախ ժամանակ դռնից ներս մտավ Մարտոյի հովանոցը, նրա ետևից ցիլինդրավոր Մարտոն: Գաղթականները առաջին րոպեին շփոթվեցին, բայց տղաներից մինը շուտով ճանաչեց, վեր կացավ ցիլինդրին զարկեց, ցիլինդրը գետին թռավ, մի ուրիշն էլ հովանոցը փախցրեց, ու մեջտեղը կանգնեց էն մասխարա Մարտոն:

— Տո Մարտո, քու տունը չքանդվի, տո մասխարա...

Ամբողջ սրահը սկսեց հռհռալ:

— Տո զարկե՛ք էդ խեղկատակին:

Ու սկսեցին կատակով զարկել Մարտոյին, էս կողմը քարշ տալ, էն կողմը ձգել: Ի՜նչ ծիծաղ ընկավ սրահը, ի՜նչ ծիծաղ:

Ծիծաղում էին ամենքը, ծիծաղում էր Ջանոն: Նա ուզեց Սուրիկին վեր կացնի, որ նա էլ ծիծաղի, բայց Սուրիկը քնած էր: Զվարթ աղմուկի մեջ կամաց-կամաց իր քունն էլ տարավ ու նվերը կրծքին սեղմած քնեց Ջանոն:

Քնեց, և ահա եկավ, երևաց մայրիկը: Տխուր էր մայրիկը, բայց Ջանոյին ժպտում էր:

— Մայրի՜կ, մայրի՜կ, տես էն աղջիկը տվեց ինձ... էնպես լավ աղջիկ էր, է՜նպես լավ աչքեր ունե՜ր, էնպես լավ մայրիկ ունե՜ր... մայրի՜կ... մայրի՜կ...

Ու երկա՜ր-երկա՜ր մայրիկի հետ էր Ջանոն, երբ վեր թռավ մի զիլ ձենից: Գաղթականներից մինն էր, որ ընդհանուր աղմուկի մեջ երգ էր երգում:

«Արև շողցեր ա պայծառ,
Նախշուն ա դաշտ, ճյուղն ու ծառ.
Հրդկի վերև հավաքվեր՝
Կուճլվըլան մեր հավքեր,
Վայ լե՜, վայ լե՜...»:

Այնինչ մյուս անկյունում Մարտոն դեռ անում էր իր ծաղրածությունները ընդհանուր ծիծաղի մեջ: Քնաթաթախ Ջանոն չէր հասկանում, թե որտեղ էր գտնվում, բայց որտեղ էլ լիներ, նրան թվում էր, թե սրահը լիքն էր մոտիկներով, հարազատներով, տաքությունով ու լուսով, զվարթ քրքիջով, հայրիկի շնչով, մայրիկի ժպիտով, էն աղջկա պայծառ հայացքով, հայրենի երգի մրմունջով...

Ամենքն էլ էնտեղ էին, ամենքն էլ ուրախ... Եվ ի՜նչքան

ծիծաղեցին էն գիշեր ամենքն էլ, ի՜նչքան ծիծաղեց Զանոն...

Ի՜նչ ուրախ գիշեր էր, ի՜նչ ուրախ գիշեր...

1913

ԾՂՐԻԴԸ

Ճըռռ՜... ճըռռ՜... ճը՛ռճը՛ռ, ճըռռ՜...

Լսե՞լ եք էն թախծալի ճռռոցը, որ ծաղկի բուրմունքի ու կանաչի թարմության հետ խառնված հոսում է գարնան դաշտերի երեսով:

Իհարկե լսել եք, և ինչքա՛ն եք լսել: Դեռ ով գիտի, գուցե էդ ժամանակ մի ծառի կամ թփի տակ էլ պառկած խորասուզվել եք ջինջ, կապույտ երկնքի խորության մեջ, մաքուր, թեթև երազների մեջ, իսկ չորս կողմերդ ծավալվում է համատարած՝ ճըռ՛ռ՜... ճըռ՛ռ՜...

Հանդի կամ դաշտի ծղրիդն է իր անթիվ ու անհամար ընկերներով:

Կամ գուցե հիշում եք էն մելամաղձոտ ճռռոցը, որ ամառվան իրիկունները մենակ ու միալար հնչում է գյուղական խաղաղ տան մի որևէ անկյունից: Եվ ի՛նչ դյուրեկան թախիծ է բերում մարդու հոգուն, ի՛նչ խաղաղություն, ու մանկության օրերից, մանկության իրիկուններից, նրանցից էլ կարծես թե դենը՝ հեռավոր ու անորոշ հիշողություններ:

Էս էլ տան ծղրիդն է: Ապրում է տաք անկյուններում, սովորաբար բուխարու կողքին կամ վառարանի ետևը, մի որևէ փոքրիկ ճեղքում: Գիշերները իր թաքստից դուրս է գալիս, հացի, պանրի և ուրիշ ուտելիքների փշրանքներ է որոնում, նրանով ապրում ու երգում ամբողջ տարին: Նրա տան մեջ լինելն ու երգելը մեր տատերը բախտի նշան էին համարում:

Ճշմարիտ որ, բախտ է էս տեսակ երգիչ ունենալ տանը:

Հին հույները ծղրիդներին բռնոտում, ածում էին փոքրիկ վանդակներն ու կախում իրենց լուսամուտների շրջանակներին, որ երգեն:

Եվ, օրական մի թերթ սալաթ ստանալով, զերության հետ հեշտ հաշտվում են ծղրիդներն ու երգում, ու ավելի էլ շատ են ապրում, քան ազատ ժամանակը, երբ ենթակա են հազար ու մի փորձանքի:

Մի մեծ միջատագետ, որ և մեծ բանաստեղծ է միաժամանակ, ասում է՝ ես ծղրիդին հաճույքով կդնեի գարնան վերածնության երգիչների գլուխը:

Եվ սրանով՝ միջատ սոխակը քիչ է մնում խլի թռչուն սոխակի փառքը:

Բայց դուք գուցե էս էլ եք փորձել: Ուզել եք գտնել, տեսնել մեր փոքրիկ ու նշանավոր երգչին ու չեք կարողացել: Առաջիդ երգում է, ձենի վրա գնում ես, մին էլ տեսնում ես կտրեց ու սկսեց հեռվից: Էն կողմն ես գնում, հանկարծ լսում ես, որ աջից է երգում, ձախից, ետևից...

Զարմանում ես, շշկլում ես: Ո՞րտեղ է վերջապես:

Ինչ ուզում ես՝ արա, ձենով չես գտնիլ նրան, շարունակ էսպես խաբը կտա:

Բայց ինչո՞ւմն է հնարքը, ո՞նց է անում, որ էսպես խաբսն է տալիս:

Շատ հասարակ ու պարզ բան:

Երկու դողդոջուն, սպիտակ, բարակ, չոր ու թափանցիկ արտաքին թևեր ունի, որոնց եզերքները իջնում են ցած: Սրանց աջը միշտ գալիս է ձախի վրա, ու արմատում տակից մի կոշտ ունի: Էդ կոշտից հինգ փայլուն ամուր երակներ են ձգվում, երկուսը վերն, երկուսը ներքն, իսկ հինգերորդը, որ շեկավուն է և փշփշոտ՝ մեջտեղով:

Հենց սա է էն գործիքը, որ թևին քսելով ձեն է հանում ու նվագում ծղրիդը: Կընտընտոցի (смычок) պաշտոն է կատարում:

Ներքևի ձախ արտաքին թևն էլ նույն կազմն ունի, միայն թե սրա կընտընտոցն ու մյուս երակները վերևի կողմիցն են: Էնպես որ վերնի ու ներքնի արտաքին թևերի երակները խաչաձև գալիս են իրար վրա:

Կընտընտոցներն իրար քսելիս, նայած թե որ երակին կամ թևի ինչ տեղին է քսում — նրա համեմատ էլ ձենը փոխում է:

Սրա հետ միասին, եթե նվագելիս թևերը բարձրացնում է– ձենը ազատ ու լիահնչյուն է տարածվում, իսկ եթե թևերն իջեցնում է, կպցնում է մարմնին, թևի ձենը խլանում է, էնպես, ինչպես եթե մատդ սեղմես զրնգող ամանին-ձենը խլանա: Եվ նայած, թե որ կողմից ու ինչպես է թևը սեղմում, նրա համեմատ էլ մին թույլ է գալիս ճըռոցի ձենը, մին ուժեղ, մին զվարթ, մին ճնշված, մին էս կողմից, մին էն:

Դրա համար էլ ձենը լսում եք, բայց չեք կարողանում նրան գտնել:

Նրան գտնելու համար պիտի գտնեք նրա բունը: Գրեթե միշտ իր բնումն է կամ բնի առաջը, ու չի հեռանում:

Ահա, տեսե՛ք, բնից դուրս հանած նրա սև գլուխը. դեսուդեն է շարժում երկար շոշափուկները, որ մենք բեխեր ենք ասում: Իմացավ՝ մոտենում ենք-շտապով ետ-ետ զնաց, ներս մտավ, թաքնվեց: Էլ դուրս չի գալ: Բայց ես գիտեմ նրան դուրս բերելու ձևը: Էսպես դեպքերում, երեխա ժամանակ, չոփ էինք առնում, կոխում ծղրիդի՝ մատնաչափ երկարություն ունեցող՝ բունը, խառնում ու ետ հանում: Էլ չէինք իմանում, զարմացած թե զարհուրած, ծղրիդը շշկլած դուրս էր գալիս ու դես-դեն ընկնում: Իսկ եթե նորից ներս էր մտնում, կամ իսկի դուրս չէր գալիս, ավելի հիմնավոր բան գիտեինք-ջուր էինք լցնում նրա փոքրիկ բունը, կամ տունը: Էս անգամ արդեն ուզեր-չուզեր մեր երգիչը դուրս էր գալիս արևի տակ:

Տունը ջրով լցվեց:

Տուն որ ասում եմ-հանաք չիմանաք: Ես չեմ եղել նրա տանը, բայց հայտնի միջատագետների ասելով, ծղրիդի տունը թե մաքրության, թե գեղեցկության և թե առողջապահության կողմից ավելի լավն է ու հարմար, քան մարդկանցից շատ շատերի տները:

Տեղն ընտրում է արեգունի ու ջրփախ մի կանաչ տեղ. արևոտ, առողջ ու դիրքը գեղեցիկ: Բնի մուտքի վրա սովորաբար կախված է լինում մի փունջ խոտ կամ ծաղիկ, որ համ դառը ծածկի չար աչքերից, համ հովանի լինի շոգի դեմ: Մուտքի առաջ փոքրիկ ավլած բակը:

Ինչպես մուտքը, էնպես էլ ներսը սենյակը, պարզ, մաքուր ու չոր: Իսկ ներսի սենյակի պատերը կոկ ու հղկած, դեռ սենյակում էլ պահարան: Ու միշտ էլ քանի կենդանի է ու ապրում է իր բնում, աշխատում է ավելի ու ավելի գեղեցկացնի, կատարելագործի: Եվ իր ցեղակից-ուղղաթևների մեջ մենակ ինքն է, որ էսպես բուն է շինում իր համար, նստակյաց կյանքի, մշտական բնակության համար: Համ բակ, համ նախասենյակ, համ սենյակ, համ պահարան:

Ասացեք խնդրեմ, ի՞նչով է տանից պակաս: Ինքն էլ համ հիանալի նվագում է, համ էսպես տուն է շինում. ինչո՞վ է մարդուց պակաս: Գլխին էլ որ լավ մտիկ անեք, պառավ մարդի գլխի նման է: Երևի էդ շնորհիքի ու էդ գլխի պատճառով էս տեսակ մի ավանդություն էլ կա: Ասում է. «Ծղրիդը մի ժամանակով մարդ է եղել: Շատ ուրախ ու կյանքը սիրող մարդ է եղել: Աստծուն խնդրել է, որ իրեն հավիտենական կյանք տա, բայց մոռացել է հավիտենական կյանք խնդրելիս էն էլ խնդրի, որ միշտ ջահել մնա: Աստված նրա կիսատ խնդիրքը կատարել է: Էս մարդն ապրել է, ծերացել, ծերացել, էնքան ծերացել, կորացել, չորացել ու կուչ եկել, փոքրացել, որ վերջը ծղրիդ է դարձել»:

Ինչպես բոլոր արտիստ մարդիկ– ծղրիդն էլ ատում է ամբոխը և սիրում է մենակությունը: Մենակ ապրում է իր գեղեցիկ տանը ու շատ էլ ծույլ է, ինչպես առհասարակ երգիչները: Մայիսը գալիս է թե չէ–տուն ու տեղը սարքում է թե չէ–սկսում է երգել: Եվ միշտ իր շեմքում: Իրիկնապահերին դուրս է գալիս վերջալույսի դիմաց կամ խաղաղ լուսնյակ գիշերները լուսնի լույսի տակ, իր մաքուր շեմքում նվագում, կամ ինչպես ընդունված է ասել՝ երգում-ճը՛ռռ... ճը՛ռռ...

Սկզբում երգում է իրեն համար, փառաբանում է գարնան գիշերների գեղեցկությունը, նոր կյանքի քաղցրությունը: Մի քիչ հետո սկսում է սեր երգել ու քնքշալով կանչել իր դրկից հարևանուհուն՝ տան առջևը կախած ծաղկի կամ խոտի փնջի տակ գտնվող մաքուր բակում-լուսնյակի լուսի տակ ժամանակ անցկացնելու:

Հարևանուհին երգել չգիտի ու երբեք չի երգում, սակայն սիրում է երգը, մանավանդ երբ երգում իրեն են գովում ու կանչում: Լսում է երգչին, և լսում է իր առաջին ծնկներով, ու էդ ձենի վրա գալիս է հրավերքին:

Գալիս է, գուրգուրում, զգվում են իրար, սիրում են իրար, սիրելով էլ իրար հետ կապում են իրենց կյանքը: Բայց շատ կարճատև ու դժբախտ է լինում առհասարակ նրանց էդ բարեկամությունը: Մի տասը տեսակցությունից հետո հաճախ մեռնում է մեր ուժասպառ երգիչը: Էն էլ է պատահում, որ էս ամենից հետո իր նախկին ընկերուհին է վրեն հարձակվում, ծեծում, ծվատում, ուտում, դեն շպրտելով անբախտ երգչի փալաս դարձած ջութակը: Էն ջութակը, որ էնքան սրտառուչ եղանակներ էր նվագել իրեն համար:

Եթե կերպարանափոխության շրջանումն է պատահում, որ ծղրիդը կորցնի իր մարմնի որևէ մասը, նորից պոկված անդամը դուրս է գալի, ինչպես բույսի կտրած ճյուղը դուրս գա:

Տան ծղրիդը իր ապահով տեղը, իր տաք անկյունում սովորաբար երկար է ապրում, իսկ հանդինը ենթակա է հազար ու մի փորձանքի: Քարաթոթոշ կա, մողես կա, մեղու կա, վերջապես էն չարաճճի ծտերը կան, որ անդադար թռչկոտում են չորս կողմը, մին էլ տեսար մինը մոտակա թփի վրից պը՛ժժ զարկեց, կտցեց մեր տկար երգչին ու տարավ շամփրեց մամխի թփի փշերին-իրեն համար ձմեռվա պաշար:

Բայց եթե դրանից էլ ազատվի–բնությունից ո՞ւր պիտի փախչի:

Հասնում են աշնան ցրտերը: Հոկտեմբերյան մի ցուրտ օր էլ, վերջին անգամ իր շեմքի առաջ, աշնան սառը վերջալուսի դեմ, երգում է ծղրիդն իր վերջին երգն ու քնում հավիտենական քնով: Սառը քամին չորացած խոտերով ու թառամած ծաղիկներով ծածկում է նրա անհայտ գերեզմանը, իսկ մի քիչ հետո, անհետ թաղում է ձյունի տակ և վրեն սուլում է ձմռան բուքը — Վո՜ւ, ո՜ւ էսպես է բնության կարգը: Ծնվեց, ապրեց ու մեռավ, ետևից թողնելով իր սերունդը՝ 300-600 ծղրիդ, ինչպես ասում են գիտնականները:

Մարիկ ծղրիդը էնքան ձու է ածել մի էն տեսակ հարմար ու ապահով տեղ, որ համ վտանգից ու փորձանքից ազատ լինեն ձվանը, համ էլ, երբ ձագերը դուրս գան, հենց տեղն ու տեղը կերակուր լինի նրանց համար:

Զարմանում են գիտնականները, թե ո՞րտեղից է ծղրիդին էնքան խելք ու բանականություն, որ առաջուց ամեն բան հոգում է իր ձագերի համար: Չէ որ ինքը՝ ծղրիդը երբեք ոչ մեր է տեսնում, ոչ ձագ, որ սովորած լինի, փորձով գիտենա: Երբ որ գարնանը ձվից աշխարհք է դուրս գալիս-մերն արդեն մեռած է լինում անցյալ աշնանը, ինքն էլ երբ ձու է ածում-դրանից հետո մեռնում է նույն աշնանը, ու չի տեսում, թե էն ձվից ինչ է դուրս գալիս եկող գարնանը: Հապա ինչպես է, որ ամեն բան հասկանում է, նախատեսում ու հոգում: Եվ դրան մի պատասխան են տալի, թե դա կյանքի, բնության անգիտակից թելադրությունն է, բնազդն է, ինստինկտն է:

Բայց ով գիտի, մի՞թե չի կարող պատահել, որ բացի բնազդից ուրիշ ընդունակություն էլ ունենա մեր փոքրիկ երգիչը, օրինակ՝ գիտակցություն, դատողություն: Հեշտ կարող է պատահել, որ էդպես լինի, թեև ինքը բնազդն արդեն շատ մեծ բան է, և շատ կենդանիների մեջ ավելի է զարգացած, քան թե մարդու մեջ:

Ահա էսպես հոգում է ծղրիդն իր ապագա սերունդի համար, ապահովում է նրա ծնունդն ու ապրուստը և նոր գարունքին հայտնվում են նրա ձագերը: Նորելուկ ձագերը ձվից դուրս գալուց հետո չորս անգամ իրենց կաշին ու կերպարանքը փոխում են ու չորրորդ կերպարանափոխությանը դուրս են գալիս կատարյալ ծղրիդներ: Անմիջապես իրենց բնակարանի հոգսն են քաշում, իրար հետ կռվում են ծնողական օջախին տիրելու համար, որն էս կռվում մեռնում է անժամանակ, որը տիրում է, մյուսներն էլ զնում են իրենց աշխատանքով նոր բնակարան են շինում, և դարձյալ նույն կապույտ, ժպտուն երկնքի տակ, նոր կանաչ ծաղկոտ դաշտերի մեջ խնդալով ու թնդալով շարունակվում է նույն կյանքն ու նույն երգը — ճը՛ռ՛ռ... ճը՛ռ՛ռ...

Կարծես թե ոչինչ չի փոխվել:

ԳԵԼԸ

1

Խորն աշունքին Լոռու սարերով անցկենալիս մի գյուղում մութը վրա հասավ: Հյուր ընկա Անդրիաս քեռու տանը, որ մի հին ու փորձված հովիվ էր:

Սարերում սովորություն կա, որ տեսան մեկի տունը հյուր եկավ՝ հարևանները կհավաքվեն եկվորի գլխին, կհետաքրքրվեն, հարցուփորձ կանեն՝ իմանան ի՛նչ կա, ի՛նչ չկա աշխարհքում: Եվ ահա հետզհետե գյուղացիք հավաքվեցին Անդրիաս քեռու օթախը:

Տանտերը բուխարին թեժ արավ, մենք էլ, ով ինչպես ուզեց, տեղավորվեցինք լեն ու արձակ տախտերի վրա ու սկսեցինք զրույց անել:

Էս խոսակցության միջցին գյուղի շներն սկսեցին անհանգիստ հաչել ու ոռնալ:

— Գել է, — միաբերան բացականչեցին գյուղացիք:

— Ընչի՞ց եք իմանում, — հարցրի ես:

— Գիլա՛հաչ են տալի, աղա:

— Գիլահաչը ո՞րն է: Մի՞թե շները միշտ մի տեսակ չեն հաչում:

Չէ, աղա, գիլի վրա ուրիշ տեսակ են հաչում, մարդի վրա՝ ուրիշ: Մարդկանցից էլ՝ գողի վրա ուրիշ տեսակ են հաչում, անցորդի վրա՝ ուրիշԽմբի վրա ուրիշ տեսակ են հաչում, կենդու մարդի վրա՝ ուրիշ...

Հենց էս խոսքի մեջն էինք, որ մի հրացան տրաքեց, շների հաչոցը սաստկացավ ու միաժամանակ մի աղմուկ բարձրացավ:

— Հասեք հե՛յ... տարա՛վ, տարա՛վ, հեյ.... Գյուղացիք դուրս թափեցին:

2

Գյուղիցը դուրս գիշերվա մթնում լսվում էր խուլ աղմուկ:

Ես մենակ էի մնացել: Տան կնանիքն էին միայն դռան առջև հավաքված վաշ ու վիշ անում: Միջների պառավն անիծում էր.

— Վո՜ւյ, անտեր մնաս դու, անտեր:

Ու մրմնջում էր «Գիլկապի» աղոթքը:

«Ալալոս,
Գալալոս,
Գելը կապեմ երկու բըթով,
Երկու բըթով, երկու մատով,
Աստվածածնա քաղցր կաթով,
Սուրբ Սարգսի ձիու ձարով,

Նահատակաց կարմիր քարով:
Գիլի ճամփեն մոլոր անեմ,
Գիլի ատամ խըմոր անեմ,
Ոտները թուլ,
Ականջը խուլ...»
Ու կրկնում էր.

— Վո՜ւյ, անտեր մնաս դու, անտեր...

— Էն ի՞նչ է, նանի, — հարցրի ես, թեև համոզված էի, որ գել էր:

— Գել է, որդի, գել: Ոչխարը սարից գեղն են բերել-ետնիցն եկել է:

3

Վերջապես խառնիխուռն բարձր-բարձր խոսելով ու ծիծաղելով եկան գյուղացիք:

— Աղա, բա որ ասի՞նք:

— Ուրեմն գե՞լ էր:

Ինձ պատասխան տալու փոխարեն առաջ բերին մի թխադեմ 17-18 տարեկան պատանու:

— Այ տղա, Սիմոն, էդ ո՞նց էլավ:

— Այ տղա, դե էն ա ոչխարը բերում էի տուն անեմ: Բերի գեղին մոտեցրի, մին էլ տեսնեմ ոչխարը դես ու դեն խախալ-խախալ է անում. շունն էլ հա է անում, թե ոչխարի մեջն ընկնի: Հենց էս ժամանակը շները թփի տակիցը մի գիլի վեր կալան ու ետնիցը լարվեցին:

— Հասի՛ հա հասի՛, բռնի՛ հա բռնի...

Մին էլ տեսնեմ ոչխարը կտրկան էլավ ու փախս առավ: Ետ մտիկ տամ, որ մի անտեր գել էլ մի ոչխարի բռնել է, հետը կողք-կողքի ընկել ու պոչով ետնիցը քշում է, ոչխարն էլ հետը չափ ընկած գնում է, ոնց որ հարսանիքի ձիավոր ըլի...

— Հա՜յ հա հա՜յ... շուռ եկա դեսը: Թվանքը որ տրաքեց, սա ոչխարը թող արավ փախավ:

— Անտերը ոչխարի միջին տապ արած է էլել հա՜, — նկատեց քեռի Անդրիասն ու դարձավ դեպի ինձ:

— Էդպես է դրանց սովորությունն, ա՜ղա: Էգ ու որձ գնում են: Մինը ոչխարիցը մոտիկ տապ է անում, կամ եթե աջողեցնում է՝ հենց ոչխարի միջին է տապ անում, մյուսը գալիս է երևութք ըլում, խաբըը տալիս, շանն ու չոբանին առնում փախչում: Տապ արած ընկերը ետնիցն էս խառնակ ժամանակը ոչխարը տանում է: Շատ անգամ էլ ոչխարը տանում է պահում ու ետ գալիս ընկերին օգնության: Ուստա չոբանը փախած գիլի ետնից գնալ չի, գիտի որ ետնուց վտանգ կա պատրաստած:

— Սա էլ է լավ ժաժ եկել, — գովեցի ես պատանի հովվին, — կարողացել է գիլի բերանից անփորձանք ազատել ոչխարը:

— Գիլի բերանից անփորձանք ոչխար ազատիլն ինչպես կլինի, աղա, — խոսեց պատանին: — Գելը տեսավ, որ ոչխարը ձեռիցը գնում է, մինչև իմ հասնելը մի ոխելում ոչխարի դմակը պոկեց տարավ:

— Հա՛, էդպես է, — դարձյալ մեջ մտավ տանտերս: — Գելը ոչխարին հասավ թե չէ, եթե տանելու հնար չկա, դմակին կտա ու մի տալումը դմակը կպոկի:

— Տավարին էլ հասավ թե չէ՝ բողազիցը կբռնի, քեռի Անդրիաս, — մեջ մտավ մի տավարած:

— Տավարին էնքան էլ հեշտ չի, — պատասխանեց քեռի Անդրիասը: — Տավարիցը մինը գոռաց թե չէ, ամբողջ տավարը հասկանում է բանն ընչումն է, որովհետև գիլի գոռացնելն ուրիշ տեսակ է. իսկույն բոլորը հավաքվում են, քամակ քամակի տալիս ու պոչները դեմ անում, կանգնում...

— Տավարը հեշտ է շաղվում, քեռի Անդրիաս, ու հեշտ էլ գիլի փայ է դառնում: Էն, ինչ ձի՛ն է անում գիլի հետ, ոչ մի անասուն չի անիլ:

Ձին գիլի հոտն առավ թե չէ, ականջները սրում է, փռռացնում, փնչացնում ու ձեռաց բոլոր ձիերը հավաքվում են մի տեղ: Մաղիանները իրենց քուռակները մեջտեղն են առնում ու նրանց շրջապատում կանգնում, երեսները դեպի ներս, քամակները դեպի դուրս-գելերի կողմն արած՝ քացիները պատրաստի: Ու աստոծ հեռու տանի, թե մի գել մոտեցավ: Բայց կռվում գիլի համար ամենավտանգավորը որձ ձին է: Որձ ձին մաղիանների հետ շրջանի մեջ չի մտնում: Բաշը թափ տալով ու փռռացնելով կատաղի պտտվում է շրջանի չորս կողմը, հարձակվում է գելերի վրա ու առաջն ընկած գելին տրորում, ջարդում առաջի ոտներով կամ քացու մի զարկով փռում գետին:

Եթե մաղիանը մենակ է, քուռակը դոշի տակն է առնում ու կանգնում:

Մենակ ձիու էս կողմն էն կողմն է թռչում գելը ու հանկարծ վրա է թռչում բողազիցը բռնում կամ մի զարկով փորը պատռում: Երբեմն քթիցն էլ է բռնում, շունչը կտրացնում: Երբեմն էլ ձիու առաջն է ընկնում ու փախսը տալիս–իբրև թե վախենում է. ձին էլ դունչը տնկած ետնիցն է ընկնում, իբրև թե հալածում է: Հանկարծ ետ է դառնում ու բռնում:

— Էդ հո էշն է, — խոսեց քեռի Անդրիասը: — Գելն էշի հետ խաղում է, խաղում, ու ականջներն իրեն քաշում, առաջը փախսը հարում: Էշն ընկնում է ետնիցը, իբրև թե հալածում է: Էսպես հեռացնում է, հասցնում մի ապահով տեղ ու ետ դառնում ուտում... Դրա համար էլ ասում են՝ «Էշի գերեզմանը գիլի փորն է»:

— Ոչխարն էլ է գիլի ետնիցն ընկնում. — նկատեց մի ուրիշը:

— Հենց գելն էլ էդ երկուսին-իշին ու ոչխարին ամենից շատ է սիրում:

— Իսկ ամենից քիչ մոտենում է խոզին ու գոմշին:

— Բա իծի՞ն:

— Պա՛, իծի բանը ծիծաղ է: Խամ գելն իծին բռնած ժամանակը՝ էծը էնպես է ճղըղում, որ գելը թող է անում, փախչում:

— Բայց մի՞թե գելն էդքան անվախ ու համարձակ մոտենում է գյուղին, — հարց տվի ես:

— Գելը, երբ որ կուշտ է, շատ վախկոտ կենդանի է, աղա, — պատասխանեց քեռի Անդրիասը: — Բայց հիմի սկսվում է գիլի դժար ժամանակը: Ձմեռը գալիս է, անտառի որսը դժարանում է, ապրանքը սարից ցած է գալիս–տուն է մտնում: Գիլի ապրուստը կտրվում է: Սովը որ նեղացնի՝ գեղ էլ կմտնի, դեռ տուն էլ: Սովի ձեռիցը ձմեռը գալիս է շեմքիցը շուն է տանում լափում: Մուկն է որսում: Ծառի փթռակ է ուտում, իր լակոտն է ուտում... Դե սովն է պատճառն էլի, որ ձմեռը միանում են, բոլուկ են (ոհմակ) կազմում, որ ուժեղ լինեն, միասին հարձակվեն...

Ձմեռը դեռ էլի մեզանում, մեր սարերում, մեր անտառներում մի բան է ճարվում. նապաստակներ են կամ ուրիշ մանր-մունր կենդանիներ: Վերջապես եղնիկների ու եղջերուների ետնից են ընկնում, քշում են դեպի սառած գետերը: Տանում են սառույցի վրա ճղատում-ու վրա են հասնում խեղդում, ուտում: Բայց էն ինչ դաշտ տեղերն են, որ դրանք էլ չկան, գելը սովից ավելի համարձակ ու վտանգավոր է դառնում: Շատ անգամ կատաղում է: Ու դաշտ տեղերը մարդկանց վրա էլ է հարձակվում ու վնասում:

— Տղեք, դե խոսքն էստեղ ինձ տվեք, — էն կողմից խոսեց Շորագյալցի Ավոն ու սկսեց իր պատմությունը:

— Մեզանում, դաշտ տեղերում, գելը շատ ավելի վտանգվոր է, քան սար տեղերում: Մեզանում գելերը ձմեռվան գիշերը գալիս են գեղի մեջը ման գալիս: Շներին պահում ենք, որ չտանեն–չուտեն: Ձմեռները մեզանում շատ վտանգավոր է մենակ ճանապարհորդելը. մանավանդ, եթե մութն էլ վրա հասավ: Այ ձեզ պատմեմ իմ գլխին եկած մի դեպք:

Ծիրան անունով մի եզն ունեինք: Մի ձմեռ էս եզը կորավ: Ախպերս ինձ ղրկեց ման գալու: Ես էլ էսպես 16-17 տարեկան ջահել տղա եմ: Գնացի գեղի չորս կողմը ման եկա ման-չգտա: Գոմահանդ ունենք, էնքան էլ գեղիցը հեռու չի: Ասի՝ եզը սովոր է, կարելի է էդ կողմն ըլի գնացած: Գնացի էդ գոմահանդը: Գնացի, էս գոմը նայեցի, էն գոմը նայեցի, վերջը տեսնեմ՝ դրուստ որ եզը մի գոմումն է: Եզը դուրս արի. դուրս գամ տեսնեմ արդեն մութն ընկնելու վրա է: Սիրտս մի ահ ընկավ: Տեսնում եմ, որ լուսով չեմ կարող գեղը հասնեմ: Մտածում եմ՝ գնա՛մ-չգնա՛մ:

Ի՞նչ անեմ...

Չորս կողմս ամայի ձյունապատ դաշտ, շեն չկա, ձեն չկա. ձեռիս էլ մի ճիպոտ ու մի դանակ:

Ի՞նչ պետք է անեմ: Աստծու անունը տվի, եզն առաջս արի քշեցի: Մի քիչ տեղ անց էի կացել. հանկարծ իրիկվան էն դառը քամու հետ մի տխուր ձեն ընկավ ականջովս: Կանգնեցի, ականջ դրի...

Տեսնեմ գիլի ոռնոց է. — ո՛ւո՛ւ...

Ո՛ւ... էս ոռնոցին միացավ ամբողջ խումբը ու սարսափով լցվեց դաշտը: Մտիկ տամ՝ որ աջ կողմս, հեռվում, մթան մեջ, ջուխտ-ջուխտ վառված ճրագների մի բազմություն է շարժվում... էլ ի՞նչ. ձեռաց հասկացա, որ գելերի աչքերն են-սոված բոլուկ է... Եզը ետ տվի դեպի գոմերն ու քշում եմ, ո՜նց եմ քշում, վազում եմ, ո՜նց եմ վազում... Ետ նայեմ, որ արդեն գալիս են: Եզը թող արի փախա, ընկա գոմը: Ընկա գոմը, բարձրացա սների գլխներին գերանների վրա դատարկ տեղեր են լինում է՜...

— Հա՜, իմանում ենք, կոնդերի վրա:

— Հա՜, էդ կոնդերից մեկին վեր էլա: Դեռ չէի տեղավորվել-մին էլ տեսնեմ եզանս գոռոցը բարձրացավ: Զարմանք բան է, թե էնքան տարածությունը ինչպես մի երկու րոպեումը կտրեցին ու հասան:

— Վա՜հ, գիլի ոտին ինչը կհասնի, — խոսեց քեռի Անդրիասը: — Էն սարի գլխիցը որ մի բան նկատեց՝ մին էլ կտեսնես կողքիդ դուրս եկավ: Դրա համար են ասում էլի, թե՝ գելն ազրեիլ է:

— Հա՜, էն էի ասում, — շարունակեց Շորագյալցի Ավոն: — Եզանս գոռոցը բարձրացավ ու իսկույն էլ կտրեց, խռխռոցն ընկավ: Խռխռոցն էլ կտրեց, միայն գելերի ժընգժըգոցն եմ լսում, ու լսում եմ՝ ոնց են լափում...

Վա՜յ Ծիրան ջան... դուրս թռավ սրտիցս: Բայց ի՜նչ Ծիրանի ժամանակն է: Ես իմ գլուխն եմ լաց ըլում: Մտածում եմ թե՝ էս լավ էր, եզնովը կըլեն, մինչև կլուսանա, կամ կկշտանան ու կգնան, կամ, ասում եմ, ինձ չեն գտնիլ... Դու մի ասիլ՝ սոված գիլի բոլո՜ւկ, ես հիսուն ասեմ, դու հարյուր իմացի, ձեռաց հախռել են, ու մին էլ տեսնեմ, մութը գոմը լցվեցին էն ջուխտ-ջուխտ վառած ճրագները ռեխները բաց արած...

Գտան...

Եկել են լցվել, ներքևից ազահ-ազահ ինձ են մտիկ անում: Ես էլ չորացել եմ մնացել վերևը գերանին կպած: Մտիկ արին, մտիկ ու թող արին դուրս գնացին:

Շունչս ետ եկավ: Ասի՝ «փառքդ շատ ըլի աստոծ, էս էր՝ ազատվեցի...»:

Դեռ աստծու փառքը բերանումս, մին էլ ինչ եմ լսում: Իմ

ուղղությամբ վերնից կտուրը քանդում են, չանգերովը հողը ետ են տալի: Արդեն լսում եմ չանգերը կոճերին է դիպչում...

Սառը քրտինքը վրա տվեց... Շտապեցի տեղս փոխեցի, անց կացա մյուս կոնդի վրա կուչ եկա:

Բաց արին, կոճը վեր կալան, տեսան տակին չկամ:

Էլի եկան ներքև: Մտիկ արին, որ մյուս կոնդի վրա եմ. ետ դուրս գնացին: Հիմի էս կոնդի վերնից սկսեցին քանդել կտուրը:

Դարձյալ տեղս փոխեցի: Էսպեսով՝ նրանք քանդելով, ես տեղս փոխելով՝ հասանք վերջին կոնդին:

Էլ ո՞ւր գնամ:

Եկան մտիկ արին կատաղած ու ետ գնացին: Քանդում են, ո՜նց են քանդում...

Մի սուր դանակ ունեի գրպանումս, հանեցի, բաց արի ու ձեռիս բռնած՝ մտքումս աղոթք եմ անում. — Տեր աստոծ, դու ինձ ազատ անես էս նեղ տեղիցը...

Իսկ հենց անգաճիս վերևը քանդում են: Քանդելով հասան կոճերին: Հասան կոճերին. մինը կոճերի արանքովը թաթը մեկնեց, որ կոճը ետ քաշի: Թաթը բռնեցի ու էն սուր դանակովը ղըրթ կտրեցի... Թաթը փախցրեց, ոռնալով, կոնձկոնձալով ետ գնաց, ու կտերն իրարով անցան: Իմացել էի, որ գելերի մինը եթե վիրավորվեց՝ մյուսները վրա են թափում նրան ուտում: Ասի՝ ուրեմն սրան ուտում են: Հիմի սպասում եմ, որ սրան կուտեն կպրծնեն ետ կգան: Էլի դանակս ձեռիս պատրաստ սպասում եմ:

Ականջս ձենի է: Գիշերվա մի ժամին, ոնց որ երազում՝ մի բարակ ձեն եմ լսում. – Ավո հե՜յ...

Ինձ են կանչում...

— Տեր աստոծ, մի՞թե ինձ են կանչում... մի՞թե ախպերս է... Միթե մերոնք են... Գոմից ձեն եմ տալիս, գոռում եմ.

— Աղանիկ հե՜յ... Էստեղ ե՜մ... Գոմերումն ե՜մ... Գելերն ինձ ուտում ե՜ն... Օգնեցեք հե՜յ...

Էլի նրանք ձեն են տալի, իմ ձենը չեն լսում, թեև ես շարունակ կանչում եմ:

Մին էլ տեսնեմ հրացանները տրաքեցին, ետնից լսվեցին հեռացող գելերի կաղկանձն ու մարդկանց հարահրոցը: Պարզ ճանաչեցի ախպորս ու մեր գեղացի տղերանց ամեն մեկի ձենը:

— Ավո հե՜յ...

— Էստեղ ե՜մ... էստեղ ե՜մ... կենդանի ե՜մ...

Ներս թափեցին գոմը:

— Փառք քեզ աստոծ... Փառք քեզ աստոծ, — ուրախացած ու զարմացած կանչում են ամենքը: Ցած եկա վերջին կոնդի վրից: Ախպորս գիրկն ընկա ու սկսեցի հեկեկալ:

— Էլ լաց միըլի, գնա աստծուն փառք տուր, որ էսօր նոր մորից ծնվեցիր, — կանչեցին էս ու էն կողմից ու ինձ դուրս բերին դուռը, ուր թափված էին մեր Ծիրան եզան ոսկորները:

Դեռ լուսը չէր բացվել:

Հեռվից լսվում էր գելերի ոռնոցը:

4

Շրագյալցի Ավոյի պատմությունից հետո խոսքն ընկավ գիլի ոհմակի վրա:

Երկար ձմեռներն ու ապրուստի դժվարությունն են պատճառը, որ գելերը ոհմակ են կազմում, բացատրում էին գյուղացիք:

Ոռնում են, իրար կանչում, հավաքվում, միանում, որ ուժեղ լինեն թե՛ հարձակվելու և թե հարձակման դիմադրելու ժամանակ:

Ամեն մինը մենակ հեշտ կհաղթվի ձմեռն ու կկործի, քան թե խմբով, և ամեն մինը չի կարող էն ճանկել, ինչ որ կճանկի խումբը:

Եվ հավաքվում են հիսունով, հարյուրով, մի քանի հարյուրով:

Սարսափելի բան է գիլի ոհմակը. մանավանդ էդ լինում է ձմեռը, գիլի ամենաքաղցած ժամանակը, երբ շատ անգամ գելը քաղցից կատաղում է: Էդ ժամանակ, ասում են, գելերը իրենք էլ են իրարից վախենում: Երբ ոհմակով մի տեղ կանգնում են հանգստանալու՝ շրջան են կազմում ու էնպես են վեր թափում, որ իրար երես պահեն, չեն հավատում մեկմեկու: Վախում են իրար ուտեն: Բայց ոմանք էլ ասում են՝ նրա համար են էդպես անում, որ իրար տեսնեն ու հարկավոր դեպքում իսկույն նշան տան իրարու, և իբրև թե բոլորը նայում են իրենց գլխավորին:

Գիլի համար մութը, ճամփի դժվարությունը, հեռավորությունը-ոչ մի նշանակություն չունեն:

Գելն էնքան արագավազ է, որ մի գիշերվա մեջ երեք-չորս օրվա ձիու ճամփա կկտրի: Իսկ գիլի սրատեսության վրա էսպես մի զրույց կա ժողովրդի մեջ:

Ասում են: Մի անգամ արծիվն ու գելը վեճի բռնվեցին, թե իրենցից ո՞րն է ավելի սրատես: Գելն ասավ՝ մի ամպոտ օր ես սարի գլուխն ելա, ամպի միջով մտիկ արի տեսա՝ հեռու մի դաշտում մի սև ցելի (վարած հողի) մեջ մի ակոսում մի սև գառն է նստած:

Արծիվն էլ թե՝ ես էլ երկնքի երեսն ելա, ներքև մտիկ արի, մի ծխնելույզի միջից տեսա կրակի վրա դրած մի պղինձ խուփը վրեն: Խփան ճեղքիցը նայեցի, տեսա պղնձի միջին կաթը, կաթնի երեսին էլ մի սիպտակ մազ:

Էսքան արագավազ ու սրատես գազան է գելը: Եվ էս ամենի հետ միասին՝ շատ խորամանկ:

Նա մինչև լավ չիմանա, որ հարձակումն ապահով է-չի հարձակվիլ: Ուրիշ բան է, եթե սովից խելագար մի գել իրեն կորցրած գցի ափաշկարա վտանգի մեջ. բայց սովորաբար գելը շատ է զգույշ ու խորամանկ:

Մի գյուղացի էսպես պատմություն արավ: Ասում էր. մի տարի թակարդ էի սարել: Առավոտը վաղ վեր կացա գնացի տեսա մի գել է ընկել մեջը: Միայն ոտիցն է ընկել ու ոտը փշրվել է, սատկել է: Վեր կալա թակարդիցը հանեցի, էն կողմը գցեցի: Մինչև գլուխս կախ ես թակարդովն էի էղած, մին էլ տեսնեմ վեր կացավ կաղին տալով փախավ: Հա՜յ հա հա՜յ, էլ ո՞րտեղ, իրեն տվեց անտառը: Դու մի՜ ասիլ անտերը ստամեռնուկ է տված եղել:

Գիլի ոհմակն էլ, ձմեռը ճամփա կտրելիս իրար ետնից է գնում-ծլլաշարուկ, ու միշտ ամենից ուժեղն ու փորձվածը առաջին է գնում: Եվ սա երկու հարմարություն ունի նրանց համար: Մին, որ առաջի գնացողները ձնի մեջ կոպար (շավիղ) են բաց անում, ետնից եկողների համար բաց-պատրաստ ճամփա է լինում, մին էլ՝ որ ոչ ոք չի կարող իմանալ, թե իրենք քանիսն են եղել: Եվ էդ է պատճառը, որ ոչ մի որսկան չի կարող ասել, թե էս ոհմակը, որ անցել է, քանի գել է եղել մեջը:

Աստված հեռու տանի, թե ոհմակի աչքովը մի որս ընկավ: Ուրիշ գազան լինի, թե ընտանի կենդանի, իսկույն չորս կողմից շրջապատում են ու էլ փրկություն չկա: Իսկ կճղակավորներին, հատկապես եղնիկներին ու եղջերուներին, քշում են դեպի սառած գետերը, սառույցի վրա ճղատում ու վրա թափում, կամ քշում են դեպի բարձր ժայռերը, ժայռերից թոցնում ու իջնում ներքև լափում:

Ոհմակը վտանգավոր է և մարդու համար: Եթե բազմություն չեղավ՝ մի կամ երկու մարդից ոհմակը չի վախենալ, թեկուզ հրացան ունենան: Մինչև անգամ հրացանն ավելի վտանգավոր է: Հրացան արձակես թե չէ, իսկույն կհարձակվեն: Հիմի կասեք՝ հապա ինչի՞ց է վախենում գելը:

Էս մասին գյուղացիք մի քանի պատմություն արին:

5

Գելը ոչ մի բանից էնպես չի վախենալ, ինչպես կրակից, — առաջինը խոսեց իմ տանտերը՝ քեռի Անդրիասը:

Մեր կողմերը, դե գիտեք, որ գել շատ կա: Էնպես տեղ ունենք, որ հենց գիլի բուն է, որ կա: Մի մեծ ծմակ ունենք, Մոտկորա ծմակ ենք ասում: Էդ ծմակամը մի թալա (անտառումը բաց տեղ, բացատ) կա: էդ թալումը էնքան գել կա, որ անունը դրել են Գիլի թալա:

Մի ձմեռնամուտ իրիկուն սարիգոմերիցը տուն եմ գալի: Հակառակին էլ էս Ստեփան տղես էլ հետս է. իննը-տասը տարեկան երեխա է: Որ եկանք էդ թալի դիմացը, մի շան ձեն ընկավ ականջովս: Ասի՝ ով գիտի ոչխար են բերել էս կողմերը, չոբանի շունն է հաչում: Ձեն տվի.

— Ա՛յ չոբան, հե՛յ...

Էս ձեն տալն էր, էլի:

Շան հաչոցը կտրեց ու, ձեզ մատաղ, մին էլ էն տեսնեմ՝ էդ ծմակիցը գիլի տուտը բաց էլավ, ռեխները բաց արած գալիս են, ո՜նց են գալիս, աչքերս սևացան...

Դու մի ասիլ, հաչողը գել է եղել: Ախր չէ որ գելը ոռնում է, բայց շանից հաչել է սովորում ու շատ անգամ էլ հաչում է:

Ձեռիս թվանք կա, միայն լավ գիտեմ, որ գիլի բոլուկի վրա թվանք չեն զցիլ. թվանք զցես թե չէ՝ ավելի կատաղի վրա կտան: Երեխեն թե՝ ապի, էն ի՞նչ են:

Ասի՝ վախիլ մ՛ի, քեզ մատաղ, ղոչաղ կաց: Արի օզնի էս խաշամն (չոր տերև) ու չոր ճյուղերը հավաքենք: Չորս կողմից խաշամն ու չոր ճյուղերը ձեռաց կիտեցի ու կրակ տվի, բոցը ծուխ ելավ: Մոտկորա ծմակը լիքը փետ: Մինչև սրանց հասնելը վրա տվի, թեժ արի. բոցն էլավ ծառերի ծերը:

Սրանք եկել են, ի՜նչքան են եկել. չորս կողմներս կտրել են.հեռու կանգնոտել ժընգժընգում են ու ատամները չխկչխկացնում: Աչքները ծմակի մթան մեջ քուքուրթի (ծծումբի) բոցի նման ջուխտ-ջուխտ վառվում են: Մարդ մտիկ տալիս զարզանդում է:

Երեխեն կպել է փեշիցս ու լաց է լինում:

— Վախիլ մի՛, Ստեփան ջան, վախիլ մի՛, ես էստեղ եմ... լաց մի՛ ըլի, որ լաց ըլես — կզան մեզ կուտեն...

Էրեխեն ձենը փորն է գցել ու փեշիցս կպած դողում է, ո՜նց է դողում...

Տեր աստված, ասում եմ, դու ազատես էս նեղ տեղիցը: Ի՞նչ անեմ: Հույսս դրել եմ կրակի վրա: Էն էլ փետը հատնում է, էրեխեն էլ փեշիցս պինդ բռնել է, թողնում չի մի քիչ հեռանամ, փետ բերեմ, կրակին վրա տամ:

Մոտիկ մի ցըցչորի ծառ կար: Կրակը բոթեցի սրա տակը, սրա կողքին էլ մի կոտրած ծառի չոր բլուլ (կատար) կար, էն էլ քաշեցի վրեն, թեժացավ, ոնց թեժացավ, կարմիր լույսն ընկել է ամբողջ ձորը:

Դիմացի սարիցը չոբանները նկատում են, որ, ախպեր, էս ձորումը, էս ժամանակին, էս ի՞նչ կրակ պետք է լինի, որ քիչ է մնում ծմակը կրակի:

Մտածում են, մտածում ու ձեն են տալի:

Ականջ դնեմ, որ էս մեր Շամիրի ձենն է:

Ուրախանաք, ինչ որ մենք ուրախացանք:

Ձեն տվի.

— Շամիր հե՜յ... գիլի բոլուկ է. չորս կողմս կտրել են... էրեխեն հետս է... օգնեցեք հե՜յ...

Հենց էս կանչելն էր: Մի քանի չոբան իրար հետ ձեն տվին. — Վախիլ մի՛ք, վախիլ մի՛ք, գալիս ենք հե՜յ... Ու պարզ լսում ենք, ոնց են իրար ձեն տալիս շտապեցնում, ոնց են շներին կանչում:

— Թոբլան հե՜յ, Ղայթար հե՜յ, Չամբար հե՜յ, Չալակ հե՜յ...

Շների կլանչոցը վեր էլավ ու մտավ ձորը:

Էստեղ էրեխեն նորից սկսեց հեկեկալ ու լաց ըլիլ:

— Վախիլ մի՛, Ստեփան ջան, վախիլ մի՛, հրես կգան:

— Տղե՜ք, էս մեր Շամըրին Թոբլան անունով մի գելխեղդ շուն

ուներ: Մին էլ տեսա էս շան ձենը մոտիկ ծմակում զրնգաց: Սրա ետևից մնացած շները, շների ետևից կրնկակոխ չոբանները: Չոբանների ղշըրղուն ու շների հաչոցը ծմակը դրմբացնում է: Մին էլ Ստեփանս թե՝ «ապի, գելերը փախչում են»:

Ասավ, ու ուրախությունը խառնվեց սարսափին, սկսեց աղաղակել ու առաջն ընկած փետի կտոր, քար, հող շպրտել գելերի ետևից:

Էլ գելն ո՞վ կտա: Ծմակի մթնումը կորան, գնացին:

Տղեքն եկան:

— Ա՛յ տղա, էս ի՞նչ բան էր:

— Բանն էլ որն է, ձեր տունը չքանդվի, հապա էսպես, էսպես...

Էստեղից վեր կացանք գնացինք չոբանների մոտ, մինչև լուսացավ, առավոտը խմբով եկանք տուն:

Էս բանն, ախպեր, իմ գլուխն եկավ: Կրակը մեզ ազատեց, — վերջացրեց խոսքը քեռի Անդրիասը:

6

— Ուստա Սարգիս, հիմի քո պատմությունն արա, — էս ու էն կողմից ձեն տվին գյուղացիք. — Շորագյալից գալիս ոնց էլա՞վ:

— Էլ ի՞նչ ասեմ, դե գիտեք էլի, — պատասխանեց ուստա Սարգիսը:

— Մենք գիտենք, ամա աղեն գիտի ոչ:

— Պա՛տմի, ուստա Սարգիս, պա՛տմի լսենք, տեսնենք Շորագյալի ճամփին քեզ հետ ի՞նչ է պատահել, — խնդրեցի ես:

Ուստա Սարգիսը զուռնաչի էր: Թինկը տված չիբուխ էր քաշում, վրա նստեց ու սկսեց պատմությունը.

— Շորագյալի ճամփին պատահած պատմությունն էսպես է, աղա ջան:

Մի հացապակաս տարի վեր կացանք ես, դամքաշ (զուռնի ձեն պահող) Ակոփն ու դհոլչի (թմբկահար) Դավիթը մեր զուռնադհոլը վեր կալանք, ասինք գնանք Շորագյալ գեղերը հարսանիքներ անենք, հացահատիկ հավաքենք բերենք ձմեռը կառավարվենք:

Դե գիտեք էլի, որ Շորագյալա հացը համ լավն է լինում, համ առատ, իսկ մեզանում, սարերում, սակավ է լինում, եղածն էլ շատ անգամ կարկուտը տանում է:

Գնացինք զուռնա ածելով, հարսանիք անելով գեղեգեղ ման եկանք: Բավական ցորեն-գարի հավաքեցինք, մի ծանոթի պահ տվինք, մենք ետ ճամփա ընկանք դեպի մեր տները:

Գիտեմ ոչ Շորագյալ եղել եք թե չէ, Հոռոմ անունով մի գեղ կա. էդ գեղիցը դուրս ենք եկել գալիս ենք դեպի Արթիկ: Եկանք, ճամփին մութն ընկավ: Ծնկահար ձյուն. ցուրտն էլ հո թրի նման մարդի երես է կտրատում: Ճամփեն էլ լավ չգիտենք: Գնա թե պետք է հասնես Արթիկ:

Էս մեր Դավիթն առաջին էր գնում: Մին էլ թե՝ տղեք եկեք, որ գեղը գտել եմ:

— Այ տղա, ո՞ւր է:

— Թե՝ հրեն ճրագները երևում են:

Մտիկ տանք տեսնենք, ճշմարիտ որ հեռվում շատ ճրագներ են երևում: Միայն ես նկատում եմ, որ էս ճրագները ժաժ են գալի, դես-դեն են գնում:

Ասի՝ տղեք:

Թե՝ ինչ է:

Ասի՝ էս գեղ չի: Մին, որ ձմեռը սրանց գեղերի տների դուռն ու կտուրը փակ, ճրագները չեն երևալ, մին էլ որ՝ էս ճրագները որ տեսնում եք՝ ման են գալի:

Թե՝ բա էս ի՞նչ են:

Ասի՝ գելեր են:Գիլի բոլուկի բերան են ընկել,պատրաստվեցեք:

Ես լսել եմ, որ զուռնի ձենին գելը — էլ վախենում է, թե ինչ, — մոտ չի գալի: Զուռնա-դհոլը սարքեցեք: Էս խոսքումն ենք, տեսանք ճրագները մոտենում են, մթնումը, ձնոտ դաշտումը, դեսուդեն վազում են, ցրվում են, ուզում են մեզ շրջապատեն: Էնքա՛ն են, էնքան են, որ էլ հաշիվ չկա:

Ես ու Ակոփը զուռնեն զլեցինք, էս Դավիթն էլ դհոլը-դը՛մբ հա դը՛մբ, կեսգիշերին, էս վերանա դաշտումը ածում ե՛նք: Զուռնա դհոլի ձենը վեր էլավ թե չէ — էս գելերս, ոնց որ տեղնուտեղը մեխես, մնացին իրենց տեղերը մեխված:

Մին էլ ոռնոց վեր քաշեցին, տեր աստված, ի՛նչ ոռնոց: Զուռնի հետ ձեն ձենի են տվել, ոռնում են:

— Վայ ծիծա՛ղ, — էս ու էն կողմից բացականչեցին գյուղացիք: — Ուստա Սարգիս, լավ է ծիծաղներդ գալիս չէր:

— Այ տղա, ի՞նչ ծիծաղ կգար, սիրտներս սնացել էր. դանակ տայիր՝ արյուն չէր կաթիլ:

— Ետո՞, ետո՞...

— Ետո մենք ճամփա ընկանք, սրանք էլ մեզ հետ: Մենք ածելով գալիս ենք, սրանք էլ չորս կողմերս կտրած հեռու մթնումը ցինգիր-ցինգիր անելով գալիս են: Կարծես պար են գալիս: Գլուխներդ ինչ ցավեցնեմ. էսպես գնալով գիշերվա մի ժամանակը առաջներս մի շան հաչոցի ձեն լսեցինք հեռու: Էս հաչոցի վրա մի քանի շներ սկսեցին հաչել ու ոռնալ, ու մին էլ տեսնենք մոտիկ գեղի ճրագները դուռը դուրս եկան: Մարդկանց ձեները հասնում է մեզ:

Ուրախությունից զուռնա-դհոլի ձենն ավելի զլեցինք:

Քանի գեղին մոտենում ենք, գելերը ետ են ընկնում: Վերջապես հասանք գեղին, սրանք ետ դառան, կորան:

Գեղացիք ճրագներով, աղմուկով առաջ եկան-մնացին զարմացած: Տեսնում են՝ երկու զուռնաչի ու մի դհոլչի ածելով գալիս են ու հետները հարսանքավոր չկա:

— Այ ուստեք, բա հարսանքավորնե՞րը որտեղ են:

Ասում ենք՝ հարսանքավորները ետ դառան գնացին: Զուգեցին ձեր գեղը մտնեն:

— Էդ ո՞վ էին որ...

— Գելերը...

— Ո՞նց թե գելերը...

— Ախպեր, ասինք, պատմելու ժամանակը չի, ցրտատար էլանք, մեռնում ենք, մեզ մի տաք տուն տարեք, էնտեղ կպատմենք:

Տարան մի տաք օդա. բուխարին թեժ արին, հացը դրին առաջներս, գլխներիս հավաքվեցին էնպես, ինչպես որ մենք հավաքվել ենք, ու սկսեցինք պատմել: Պատմում ենք ու ծիծաղում, պատմում ենք ու ծիծաղում:

Վերջն էլ իմանանք, որ էն գեղը չենք եկել, որտեղ գալիս էինք, ճամփեն կորցրել ենք — ընկել ենք Պարնի գեղ:

7

— Դուք հո կրակն ու զուռնեն եք ասում, բայց գելը մի բանից էլ է վախենում, թե իմանաք ընչի՞ց, — հարց տվեց օտարականը:

— Թոկից, — ձեն տվին մի քանիսը:

— Ո՞նց թե թոկից, — զարմացան չգիտեցողները:

— Հա՛, ճշմարիտ է, թոկը որ ետնիցդ քաշ տամ՝ գելը կվախենա, մոտ չի գալ, — հաստատեց քեռի Անդրիասը:

— Ա՛յ տղա, թոկն ի՞նչ է, որ գելը թոկից վախենա:

— Ո՞վ գիտի, օձի տեղ է դնում, ինչ է, ի՞նչ իմանաս:

— Մեր գեղումը Եղո անունով մի ջահել մարդ կար, — պատմեց Շորագյալցին: — Մի շատ սրտոտ ու քաջ մարդ: Երեսին որ թուր բռնեիր՝ երեսը ետ չէր թեքիլ: Ինքն էլ թրի-թվանքի հետ խաղացող մարդ էր:

Սրանից մի 4-5 տարի առաջ մի ձմեռ գործով գնում է մեր հարևան գյուղերը ու մի քանի օր ուշանում: Մի երեխա ուներ, շատ էր սիրում: Մի իրիկուն լուր է առնում, թե բա՝ երեխեդ հիվանդ է, քեզ է ուզում: Վեր է կենում, թե՝ պետք է գնամ: Սրա առաջն են ընկնում, բռնում են, համոզում են, թե մութը գիշեր– հազար ու մի չար փորձանք, հազար ու մի գել ու գազան, սպասիր, ասում են, գիշերը լուսանի, կլուսանա կգնաս երեխիդ կտեսնես: Սա պըպին է կանգնում թե՝ չէ որ չէ, հենց էս կես գիշերին պետք է գնամ, թուրը վրես, ձին տակիս, ի՞նչ պետք է պատահի: Ինսանի թարսություն էլի: Չեն կարում հաղթեն, կես գիշերին ձի է նստում, ճամփա ընկնում: Կիսաճամփին գիլի բոլուկը սրան շրջապատում է: Դու մի ասիլ հետը թոկ ունի, ինքն էլ փորձված, բանգետ մարդ է. թոկը երկար բաց է թողնում ու ձիու ետնից քաշ տալիս: Գելերն էլ մոտ չեն գալիս, երկու կողմից թոկին մտիկ տալով վազ են տալի: Էսպես բավական տեղ անց է կենում: Մի տեղ էլ, ո՞նց է լինում, ի՞նչ է լինում, թոկի ծերը ձեռքից դուրս է պրծնում ու վեր է ընկնում: Սա ձին քշում է: Մի քիչ տեղ գնում է, գելերը վրա են տալիս: Թուրը հանում է հենց առաջին հասնողին տալիս... Դե գելերի սովորությունն էլ գիտեք էլի. մինը թե վիրավորվեց — մյուսները նրա վրա կթափվեն, կուտեն: Էդպես էլ ձիավորին թող են անում, վրա են թափում էս վիրավորվածին: Եղոս ձիուն մտրակում է, քշում, բավական տեղ քշած գնում է: Գելերը վիրավորվածին լափում են պրծնում, ետ նորից ընկնում սրա ետնից: Սա էլի ուզում է թուրը հանի, որ զարկի, քաշում է, քաշում, դուրս չի գալի: Տեսնում է՝ հասնում են իրեն–հերսից պատյանը ատամով կրծոտում է, ինչ անում է, չի անում՝ թուրը դուրս չի գալիս: Դու մի ասի՝ գիլին որ զարկել է, առանց արյունը սրբելու տեղն է դրել, արյունոտ թուրը կպել է պատյանին, ամրացել:

Էլ ի՞նչ երկարացնեմ, գելերը վրա են տալի, իրեն էլ են ուտում, ձիուն էլ:

Մյուս օրը լուրն եկավ. գնացինք տեսանք արնոտ ձյունի վրա իր ոսկորներն էլ, ձիունն էլ, թուրն էլ, պատառոտած շորերն էլ թափված, ցրված դեսուդեն:

— Բա էն մարդին, որ գելերը կերել էին՝ ձեզ էդ բոլորն ո՞վ պատմեց, — հարցրեց մի գյուղացի:

— Հապա մարդուս խելքն ու փորձն ընչի համար է, — պատասխանեց պատմողը: Գնացինք տեսանք ձընի պարզ հետքերը Երևում են, որ կողմից է եկել ու որտեղ է շրջապատել գիլի բոլուկը, որտեղից է եղոն սկսել թոկը քաշ տալ, մինչև որտեղ է քաշ տվել, որտեղ է ձեռիցն ընկել: Մի քիչ էլ գնացած է ու հետքերն իրար են խառնված, տակնուվրա են եղած, ու թափված են գիլի բուրդն ու ոսկորները: Նրանցից բավական հեռու էլ իրեն ու ձիուն են կերել: Թուրն էլ բերինք, տեսանք պատյանը մարդու ատամներով կրծոտած: Քաշեցինք, քաշեցինք, չկարացինք դուրս քաշել, տվինք վարպետին, քանդեց. հանեց. տեսնենք արյունոտ, կպած պատյանին:

— Ափսոս մարդ, — էս ու էն կողմից ափսոսացին գյուղացիք: Ա՛յ թե ընչի համար են ասել, թե համբերությանը կյանք է: Ասա, հեր օրհնածի մարդ, մի քիչ համբերի, լուսանա էլի...

8

— Տղե՛ք, հավատա, գիլիցն էլ վերը վնասակար գազան չլինի, դուք ի՞նչ եք ասում, — խոսեց մի գյուղացի էս պատմությունից հետո:

— Էդպես էլ իմացած կենաք, որ չի լինել, — հաստատեց քեռի Անդրիասը ու դիմեց ինձ.

— Դու ի՞նչ կարծիքի ես, պարոն:

— Ես էլ էդ կարծիքին եմ, — պատասխանեցի ես: — Արդեն գրքերից էլ հայտնի է, որ ոչ մի գազան գիլի չափ վնաս չի տալիս մարդուն: Մանավանդ էն երկրներում, որտեղ գլխավորապես անասնապահությամբ են պարապում: Ամեն տերության մեջ էլ ահագին վնաս է տալիս: Միայն Ռուսաստան տարեկան մոտ մեկ միլիոն անասուն է փչացնում:

— Հապա ի՞նչպես է, որ տերությունները դրա մասին չեն մտածում, մի ճար անում, — խոսքս կտրեց մի գյուղացի:

— Ի՞նչպես չեն մտածում: Տերություններ կան, որ առանձին վարձատրություն են տալիս գել սպանողներին: Կանոնավոր կռվում են գիլի դեմ: Դրա համար էլ էնպես տերություններ կան, որ մեջներն էլ գել չկա. օրինակ Անգլիան, Գերմանիան...

— Վա՜հ, — զարմանքից բացականչեցին գյուղացիք: — Ո՞նց թե... հիմի էդ երկիրներում էլ գել չկա՞:

— Չկա...

— Ա՜յ երկիր... Ապրանքդ ազատ բաց թող ու հանգիստ գնա քու գործին...

— Էնպես տերություն էլ կա, — շարունակեցի ես, — որ հաշվով գիտեն, թե քանի գել կա իրենց երկրում, չորսը թե հինգը...

— Էդ ի՞նչ բան է, — ավելի զարմացան գյուղացիները, — մեզանում իսկի մարդի հաշիվը գիտեն ոչ, նրանք գելն էլ են հաշվել:

— Որ ասում ես գելը վերջացնում են, ի՞նչպես են անում, վարժապետ, — հարցրեց մի ծերունի, որին Սահակ էին ասում:

— Զանազան միջոցներով, բի՜ձա Սահակ: Ինչպես ասի՝ տերություններն առանձին վարձատրություն կամ պարգև են տալիս ամեն մի սպանած գիլի համար, որսկաններն էլ աշխատում են շատ գել սպանեն, որ շատ փող ստանան: Մինչև անգամ կազմակերպված ընկերություններ կան, որ միայն գիլի որսի համար են: Էնպես երկիր էլ կա, օրինակ, Իսպանիան, որ եթե տերությունը չի վարձատրում գել սպանողին-ժողովուրդն է վարձատրում: Սպանողը գելը գցում է իշի կամ ձիու վրա ու գեղե գեղ ման ածում, ապրանքատերերից փող է հավաքում: Եվ ամենքն էլ ուրախությամբ տալիս են:

— Չէ՜, ես էդ չէի հարցնում, պարոն ջան, ես էն էի հարցնում՝ թե ընչո՞վ են սպանում, ինչպես են կոտորում:

— Հա, էդ ես հարցնում: Ասեմ, բիձա Սահակ, էդ էլ ասեմ:

Իհարկե, հրացանով սպանելն ու թակարդով բռնելը արդեն դուք էլ գիտեք: Բացի հրացանն ու թակարդը, էնպես տեղեր էլ կան, որ խորը փոսեր են փորում, օրինակ մի սաժեն ու կես խորությամբ, մի սաժեն էլ լայնությամբ: Երեսը ցախ ու մախով ծածկում են, վրեն միս են դնում, չորս կողմն էլ դեռ ցած ցանկապատում, որ գելը թռչի, հանկարծ ընկնի մեջը: Սրանով, իհարկե, չի կարելի շատ բան անել:

Էնպես տեղ էլ կա, որ ամբողջ հասարակություններով հավաքվում են, գնում են շրջապատում անտառի որոշ մասերը: Որսկանները հրացանները ձեռներին պատրաստի երեք կողմը կտրում են, իսկ չորրորդ կողմից մի բազմություն անտառ է մտնում ու հրացան արձակելով, աղմկով, հարայ-հրոցով, շանով-բանով գազաններին քշում, բերում զցում որսկանների բերանը: Էս էլ անտառոտ տեղերն է լինում, ու էս միջոցն էլ չի մեծ արդյունք տալիս: Պատահում է, որ ահագին աղմուկից հետո մեջտեղը մի կամ երկու նապաստակ են հայտնվում կամ պատահում է, որ դուրս եկող գազանները անվնաս էլ փախչում, ազատվում են: Շատ քիչ են սպանվում:

Ռուսաստանի ձնոտ դաշտերումն էլ մի ուրիշ տեսակ որս են անում: Ձիով ընկնում են գիլի ետնից: Ծնկնահար ձյանի մեջ թաղվելով՝ գելը զոռով է վազում և շուտ էլ հոգնում է: Ետնիցը հասնում են՝ հենց տեղնուտեղը դագանակով սպանում: Բայց ավելի շատ գիլին կոտորում են թույնով: Սատկած ոչխարը մաշկում են, միսը շերտ-շերտ կտրատում, արանքները թույն են լցնում, ետ նորից մորթին վըրեն քաշում ու տանում գիշերը հանդերում վեր զցում: Սոված գելեր-գալիս են ուտում ու տեղնուտեղը կոտորվում:

9

— Վարժապետ, ճշմարիտ է, գելը գազան է ու մարդուն էլ շատ է վնաս տալիս, միայն էդ որ պատմեցիր, ախպեր, ինչ թաքցնեմ, մեղքս եկավ, — խոսեց ծերունի Սահակը:

— Հետո գիլին մեղք կզա՞ն որ, Սահակ բիձա, — ձեն տվեց մի հովիվ:

— Ինչի՞, գելը շունչ կենդանի չի՞, — սկսեց վիճել Սահակ բիձեն:

— Գելն ի՞նչ է որ, — մեր շան պես անասուն էլի, — խոսքն առավ քեռի Անդրիասը: — Ուղիղ շան պես: Որ էն շունն էլ չոլերը գցես՝ անտեր, սոված թողնես, հալածես — կվայրենանա, կդառնա գիլի պես մի բան, էլի: Ինչպես որ էն սոված, վայրենի գելն էլ, որ բերես կուշտ պահես, պահպանես, խնամես, կընտելանա, կդառնա մեր շան պես տանու կենդանի:

— Հետո գելը տանու կըլնի՞ որ, քեռի Անդրիաս:

— Լա՛վ: Շատ է պատահել: Գիլի ձուտը բռնի բեր տանու արա, տես կլինի թե չէ:

— Հապա ինչո՞ւ է ասած՝ գելն ինչքան էլ տանու անես-էլի աչքն անտառումը կլինի:

— Էդ էլ է ճշմարիտ: Մի սերնդի, երկու սերնդի աչքն անտառումը կլինի, բայց կամաց-կամաց անտառը կմոռանա-կդառնա տանու կենդանի շան նման: Եվ հենց ինքն էլ շան ցեղից է, էլի: Գելն էլ կազմված է էնպես–ինչպես շունը: Գելն էլ շան պես տարին մի անգամ 3-10, բայց սովորաբար 4-6 ձագ է ծնում, ու ինչպես շունն իրեն համար բուն է փորում կամ մի անկյուն է գտնում ու էնտեղ ծնում ու մեծացնում ձագերը, էնպես էլ գելը: Կամ գետնում բուն է փորում, էնտեղ ծնում ու մեծացնում իր ձագերը կամ ընկած ծառի փչակում, կամ մերում, կամ հենց ծմակի խիտ տեղերը: Նա էլ է էնպես սիրում իր ձագերին, ինչպես ամեն մի ծնող կենդանի: Մի վտանգի հոտ առնելիս բերանով՝ շատ զգույշ ու քնքույշ իրենց տեղից տանում է ավելի ապահով տեղ: Եվ երբեք իր բնի մոտերքում որս չի անիլ ու վնաս չի տալ, որ կասկած չբերի էդ տեղի վրա:

Գիլի էգն էլ, ինչպես շանը, ավելի քնքույշ է, դունչն ավելի սուր ու պոչն ավելի բարակ: Գելն էլ պատահում է, որ նույնպես կատաղում է, ինչպես շունը: Եվ կատաղած գիլից շատ են վախենում ու սարսափով հեռու են փախչում բոլոր վայրենի կենդանիները:

Վերջապես գելն էլ շան պես 12-15 տարի է ապրում: Ավելի երկար շատ քչերն են ապրում, ինչպես և շների մեջ:

Մի խոսքով, միևնույն կենդանիներն են. մինը խնամքի տակ ու կուշտ, մյուսը վայրենի, հալածված ու սոված: Իսկ սովը...

Սովն ինչ ասես կանի, ձեզ մատաղ: Սովը մարդին էլ կդարձնի սարսափելի, ո՞ւր մնաց էն անտառի գիլին, — խոսքը վերջացրեց քեռի Անդրիասը:

— Ճշմարիտ ես ասում, քեռի Անդրիաս, — ասացի ես: Մեզանում սովորություն չկա, միայն լուսավոր երկրներում շատ է պատահում, որ մարդիկ վայրենի անասուններին ու գազաններին բռնում են, բերում են տանու անեն. փորձում են, վարժեցնում են, բան են սովորեցնում: Մինը երկու գիլի ճուտ էր բռնել բերել տանը պահել: Կարճ ժամանակում էնքան էին ընտանիացել, որ ազատ տան մեջն ամենքի հետ էլ խաղ էին անում ու շան հետ միասին միևնույն բնումը քնում: Մի քանի ժամանակից ետը մինը սատկում է: Ասում է՝ մենակ մնացածը քանի ժամանակ էր էլ ոչ խաղ էր անում, ոչ կարգին կերակուր էր ուտում: Տխուր վեր ընկած դարդ էր անում ու ոռնում: Իհարկե հետզհետե մոռացավ ու էլ ետ աշխուժացավ: Մեծացավ, ու ասում է, մեզ հետ էնքան էր կապվել, որ որտեղ նստում էինք, միշտ կողքներիս վեր էր ընկնում և ուրիշներին չէր թողնում, որ մեզ մոտենան: Ասում է՝ վախեցինք մարդու վնաս տա, շղթայով կապեցինք, իսկ մի քանի ժամանակից ետը մի շրջիկ գազանանոցի վրա ծախեցինք: Անցավ դրանից մի տարի ու կես թե երկու տարի, լավ չի միտս, էդ գազանանոցին պատահեցի մի քաղաքում: Հետաքրքրվեցի, ներս մտա, ասի տեսնեմ իմ գելը կենդանի է, թե՝ չէ: Ներս մտա հարցրի: Դու մի ասիլ գելը մոտիկ վանդակում պառկած է եղել: Ձենս իմացավ թե չէ՝ վեր թռավ, ճանաչեց, ուրախացավ, ու ի՜նչ էր անում, ի՜նչ էր անում, չեք կարող երևակայել: Աշխատում էր ինձ մոտենալ, պոչը շարժելով, ծմըրալով դեսուդեն է ընկնում վանդակում: Ինձ էլ թվաց թե մոտիկ, հարազատ արարածի հանդիպեցի, և դուրս գալիս մի տեսակ ցավ զգացի:

Ինչ կասեք սրան: Ահա պատահած դեպքը: Եվ ճշմարիտ է ասում քեռի Անդրիասը. գելն էլ շան պես մի արարած է, միայն վայրենի, հալածված ու սոված:

Արդեն գիշերվա կեսն էր, որ մեր զրույցը վերջացրինք: Շները դուրսը հաչում ու երկար ու ձիգ ոռնում էին:

— Անտերը գեղի վրա պտիտ է գալիս. հեռանում չի: Հանգստանալու չի, մինչև էս գիշեր մի վնաս չտա: Տղե՛ք, զգույշ կացեք, ապրանք չտաք ռեխը, — ասավ քեռի Անդրիասը գյուղացիներին, որ բարի գիշեր ասելով, իրար ետևից դուրս էին գնում մեր օթախից: Դուրսը նրանցից մինը երկար ու զիլ հե՜յ հե՜յ աղաղակեց, ու գյուղի շները հեռու թաղերից սկսած ավելի կատաղի սկսեցին հաչել ու ոռնալ խմբովին:

Սոված գելը պտտվում էր գյուղի չորս կողմը:

1914

ԻՄ ԸՆԿԵՐ ՆԵՍՈՆ

I

Մի խումբ ընկեր երեխաներ էինք: Գյուղացի երեխաներ:

Ոչ ուսումնարան կար, ոչ դաս, ոչ դաստիարակություն. ազատ էինք միանգամայն ու խաղում էինք. ի՜նչքան էինք խաղում: Ու ո՜նց էինք իրար սիրում, ո՜նց էինք իրար սովորել: Սոված ժամանակներս էլ՝ վազում էինք հացի տաշտիցը մի կտոր հաց հանում, պանրի կարասիցը մի կտոր պանիր ու էլ ետ շտապում իրար մոտ: Իրիկուններն էլ հավաքվում էինք, ծիծաղ բաներ ասում կամ հեքիաթ պատմում:

Մի ընկեր ունեինք, անունը Նեսո: Է՜նքան հեքիաթ գիտեր, է՜նքան հեքիաթ գիտեր, ոչ ծեր ուներ, ոչ տուտը:

Ամառվա լուսնյակ գիշերները մեր դռան գերանների վրա շուրջ-բոլոր նստոտում էինք, հիացած պլըշում Նեսոյի՝ ոգևորությունից գեղեցկացած դեմքին: Ու պատմում էր նա Հուրի փերիներից, Զմրուխտ Ղուշից, Լիս ու Մութ աշխարհից...

— Նեսո ջան, Նեսո, հիմի էլ Կուր Թագավորի հեքիաթը պատմի, հիմի էլ Թութի դուշի հեքիաթը պատմի... հիմի էլ Քաչալի ու Քոսակի հեքիաթը պատմի...

II

Էնպես պատահեց, որ մեր գյուղում ուսումնարան բաց արին: Ինձ ուսումնարան տվին, ինձ հետ էլ մի քսան-երեսուն երեխա: Ամեն մի երեխի համար տարեկան երեք ռուբլի վարձ էին ուզում. էս պատճառով էլ գյուղի երեխաներից շատերը, որոնց ծնողները չէին կարող տարեկան երեք ռուբլի տան, մնացին դուրսը: Դուրսը մնացին և իմ խաղընկերների մեծ մասը, նրանց հետ և Նեսոն:

Առաջին անգամն էր, որ մեզ ջոկում էին իրարից և ջոկում էին ուսումնարանն ու վարժապետը, առաջին անգամն էր, որ մենք գլխի էինք ընկնում, թե մինս ուննոր ենք, մյուսս աղքատ: Դեռ էսօր էլ ականջումս է Նեսոյի լացի ձենը, որ իրենց դռանը թավալ գալով գոռում էր, թե՝ ես էլ եմ ուզում ուսումնարան գնամ: Եվ դեռ ականջումս է նրա հոր ձենը, որ կանչում էր. — Կա ո՛չ, կա ո՛չ, ա՛յ ոչ ու փուչ, ո՞րտեղից տամ... Երեք մանեթ ունենամ՝ կտանեմ հացի կտամ, կբերեմ կուտեք, հրես մնացել եք սոված նստած, կա ո՛չ...

Նեսոն ու մյուս դուրսը մնացած ընկերներս գալիս էին ուսումնարանի շեմքում հավաքվում՝ մեզ մտիկ անում, բայց վարժապետը թող չէր անում, էնտեղից քշում էր: Դասամիջոցներին խաղի ժամանակ էլ չէր թողնում մեզ հետ խաղան, ասում էր՝ կողմնակի, օտար երեխաները իրավունք չունեն աշակերտների խաղերին խառնվելու: Եվ նրանք գնում էին ուսումնարանի պատի տակին նստոտում՝ սպասում էին մինչև դասներս վերջանար, որ միասին գնայինք:

Էսպեսով էլ առաջին տարին ուսումնարանում ես մոտեցա նոր ընկերների հետ, Նեսոն ու մյուս դուրսը մնացած ընկերներս էլ տարվա վերջը էլ չէին գալիս ուսումնարանի պատի տակին նստոտում ու սպասում ինձ:

III

Մի երկու տարի մեր գյուղի ուսումնարանումը կարդալուց ետը՝ հերս ինձ տարավ մեր կողմերի գյուղաքաղաքը, էնտեղի ուսումնարանը տվավ: Էս արդեն բոլորովին ուրիշ աշխարհք էր: Տները սիպտակ, կարմիր տանիքներով, ժողովուրդը զուգված ու մաքուր. ուսումնարանն էլ մեծ ու գեղեցիկ, ու ոչ թե մի վարժապետ, ինչպես մեր գյուղումն էր, այլ մի քանի վարժապետ ու մինչև անգամ վարժուհիներ, որ նորություն էր ինձ համար ու զարմանալի, սակայն շատ դուրեկան:

Տեղին ու դպրոցին վայել իմ հագուստն էլ փոխեցին: Քաղաքացի աշակերտի շորեր հագա, գեղեցիկ, մաքուր, — ու էսպես կերպարանափոխված էլ տոների արձակուրդին վերադարձա մեր գյուղը:

Նեսոն ու հին ընկերներս իմացել էին, թե վերադարձել եմ,

առավոտից եկել էին մեր տան չորս կողմը պտտվում էին ու պատատակերիցը ծիկրակում: Դուրս եկա, գնացի մոտեցա: Չեմ հիշում ինչպես բարևեցինք. միայն էն է միտս մնացել, որ նրանք էլ առաջվա նման մտերիմ ու համարձակ չէին ինձ հետ: Ամենից առաջ ուշադրություն դարձրին իմ շորերի վրա: Նեսոն մինչև անգամ իմ աշակերտական կարճ բլուզն ակնարկելով մի սրախոսություն արավ՝ մյուսներին դառնալով ասավ. — Կասենաս պոչատ կաչաղակ ըլի... Նրանք ծիծաղեցին: Ես վշտացա, բայց բան չասացի: Ապա թե Նեսոն ձեռքը քսեց իմ շորերին, նրան հետևեցին մյուսները ու զարմանք հայտնեցին, թե ինչ փափուկ են: Էդ օրը առաջին անգամն էր, որ ես էլ ուշք դարձրի նրանց շորերի վրա ու նկատեցի, թե ինչքան էին կեղտոտ ու պատռտված: Եվ առհասարակ մեր ամբողջ գյուղը թվաց աղքատ ու կեղտոտ:

IV

Երկու տարուց հետո էստեղից էլ հերս ինձ տարավ մեծ քաղաք, ավելի մեծ ուսումնարան: Երբ էնտեղից էլ վերադարձա՝ իմ առաջվա խաղընկերները, որ արդեն մեծ տղերք էին, եկան բարևեցին մյուս գյուղացիների նման ու նրանց հետ էլ հեռու կանգնեցին: Միայն մի անգամ, խոսակցության մեջ, երբ ուրիշները ինձ հարցնում էին, թե հիշո՞ւմ եմ արդյոք, որ միասին կարդում էինք, Նեսոն էլ հարցրեց թե՝ «Միտդ ա, որ ձեր դռան գերանների վրա գիշերները հեքիաթ էինք ասում...»

— Վա՛, ի՞նչպես չի միտս... Միթե կմոռանամ: Էդ իմ մանկության ամենալավ հիշողություններից մինն է, — պատասխանեցի ես:

Նեսոն կարծես թե ուրախացավ, բայց դարձյալ մնաց օտար ու հեռու:

Իսկ քաղաք վերադառնալու ժամանակ էնպես պատահեց, որ Նեսոյի հոր ձին վարձեցինք, որ ես հեծնեմ: Նեսոն էլ պետք է ձիու հետ ոտով գար: Եվ երբ ճանապարհ ընկանք, ես ձիու վրա, իսկ Նեսոն իր ցնցոտիներով ու պճեղները դուրս պրծած տրեխներով ոտով՝ ձիու ետևից — ինձ սաստիկ ծանր եկավ: Մի քիչ անցնելուց հետո հայտնեցի, թե ես ոտով գնալն ավելի եմ սիրում քան ձիով, ու ձիուց իջա: Եվ այնուհետև կամ միասին ոտով էինք գնում, կամ հերթով էինք ձի նստում: Նեսոն սրա վրա ուրախացավ, բայց նկատեցի, որ նա իմ արածը վերագրում է ոչ թե իմ բարեսրտությանն ու ընկերական զգացմունքին, այլ իմ հիմարությանը: Ես վշտացա իմ մեջը, բայց ավելի մեծ վիշտը առաջըս էր:

Ճանապարհին մի տեղ իջանք, հանգստացանք ու հաց կերանք: Ձմերուկ ուտելու ժամանակ իմ գրպանի դանակը հանեցի տվի Նեսոյին, որ ձմերուկը կտրի: Ճամփա ընկնելու ժամանակ դանակը կորավ: Նեսոն պնդում էր, թե դանակն ինձ տվավ, գրպանս դրի: Ես թեև լավ գիտեի, որ ինձ չէր տվել, բայց գրպաններս ման եկա ու ճանապարհ ընկանք: Ես պարզ նկատեցի, որ նա իմ դանակը տակով արավ, վերջն էլ ուրիշները տեսել էին ձեռին: Եվ ճանապարհ ընկանք սրտումս մի ծանր վիշտ, որ ոչ թե դանակս եմ կորցնում, այլ մի ուրիշ շատ թանկագին բան, որ Նեսոյի համար անհասկանալի էր... Իսկ երբ տեղ հասանք, ու Նեսոն պետք է ետ վերադառնար, ես նրա համար մի ալխալուղացու առա նվիրեցի, բացի ձիու վարձը, իսկ նա ինձ դիմեց թե՝ «Բա մի չայի փող չես բախշում...»:

Ես սաստիկ ամաչեցի ու էդ չայի փողն էլ տվի: Բայց նրանից հետո, ամեն անգամ, երբ հիշում էի իմ մանկության օրերը և էն երեկոները, գերանների վրա, լուսնյակի տակ նստած մեր խումբը ու Նեսոյին՝ հեքիաթ ասելիս-ամեն անգամ սիրտս լցվում էր ցավով ուափսոսանքով:

V

— Նեսոն աղքատ է... Նեսոն տգետ է... Նեսոն լցված է գյուղական չարքաշ կյանքի դառնություններով... Նա էլ եթե ուսում առներ, կրթվեր, ապահով լիներ՝ լավ մարդ կլիներ, գուցե ինձանից էլ շատ ավելի լավը...

Այժմ Նեսոյին հիշելիս միշտ էսպես եմ մտածում ու աշխատում եմ արդարացնեմ, լավացնեմ ու նորից սիրեմ էնպես, ինչպես սիրում էի էն ժամանակ: Ուզում եմ՝ շարունակ էն խաղաղ, աստղալի լուսնյակ գիշերների Նեսոյի պատկերը լինի աչքիս առաջին, մտքիս միջին, բայց չի լինում, էլ չի լինում. իսկույններ առաջ է գալիս մի ուրիշ պատկեր, մի շատ ամոթալի ու ցավալի պատկեր:

Երբ արդեն ուսումս ավարտած, կյանք մտած մարդ էի, մի անգամ էլ մեր գյուղը վերադարձա ու գնացի գյուղամեջ: Գյուղամիջում ժողովուրդը հավաքված աղմկում էր ու աղաղակում, իսկ մեջտեղը մի հաչից թոկով կապած ու գլխակոր կանգնած էր Նեսոն:

Իմ հարցին պատասխանեցին, թե՝ գողություն է արել: Ես միջամտեցի, բաց թողնել տվի նրան: Բայց իմ երևակայության մեջ նա դեռ մնում է թեժ արևի տակ թոկերով հաչիցը կապած ու գլխակոր, իսկ շուրջն աղմկում է մեր գյուղը:

Մեր գյուղում սովորական բան է և՛ գողությունը, և՛ հաչիցը կապելը, և՛ ծեծելը, բայց էս մինը իմ աչքի առաջից ու մտքի միջից չի հեռանում, ինչպես չի հեռանում և էն մանուկ Նեսոն, լուսնյակ գիշերներին գերանների վրա նստած հեքիաթ ասող Նեսոն, մաքուր ու միամիտ Նեսոն, իմ մանկության ընկեր Նեսոն:

ՇՈՒՆԸ

Մի երկու խոսք

Լավ չեմ հիշում՝ երկրորդ թե երրորդ դասարանի աշակերտ էի: Մի ուսումնական ծանոթ ունեինք. օտար մարդ էր, մե-մեն մեր տունն էր գալիս, մերոնց հետ զրույց էր անում:

Էդ ժամանակները մի էսպես դեպք պատահեց: Մեր հարևան հովիվը մեռավ: Նա երեք շուն ուներ: Էս երեք շունը իրենց տիրոջ մեռնելուց մի քանի օր առաջ — անդադար ոռնում էին էնքան ողբալի ու չարագուշակ, որ ահ ու սարսափ էին գցել ամենքի սիրտը:

— Չո՛ռ, չո՛ռ, ձեր գլուխն ուտեք, քա՞նի ոռնաք, — կանչում էր երիտասարդ հովվի մերն ու փետով զարկում շներին: Շները կլանչկլանչելով էս կողմ, էն կողմ էին փախչում ու մի քանի րոպեից հետո նորից սկսում ոռնալ: Հովիվը մեռավ թե չէ՝ բոլոր հարևանները բացականչեցին.

— Ա՛յ, ընչի համար էին շները ոռնում...

Սրանից հետո մի անգամ էլ, երբ մեր ուսումնական ծանոթն եկել էր զրույց անելու, մերոնք էս դեպքը պատմեցին ու խոսքն ընկավ շան վրա:

— Օ՛, չգիտեք թե ինչ տեսակ կենդանի է շունը, — լուրջ ու խորհրդավոր խոսեց նա:

— Շունը իմաստուն կենդանի է, — նույն լրջությամբ վրա բերեց հերս:

— Ա՛յո, շունը իմաստուն կենդանի է, լավ է նկատել ժողովուրդը, — ասավ մեր ծանոթն ու ավելացրեց.

— Մարդկային կյանքի զարգացումը շան վրա է հիմնված: Մենք դեռ լավ չգիտենք, թե ինչ կենդանի է շունը, դեռ լավ չի ուսումնասիրված շունը...

Հակառակի նման իմ դասն էլ շունն էր, ու լավ էլ անգիր էի արել: Իսկույն մեջ մտա: Ասի. — Ես գիտեմ: Մենք շունը սովորել ենք:

— Չէ, էն քո սովորածը շունը չի, — մեղմ ու բարի ժպտալով նկատեց մեր բարեկամը: Ես վիրավորվեցի: Ո՞նց թե իմ սովորածը շունը չի... Ինքն ասում է՝ լավ չգիտենք... իսկ մեր ուսուցիչն էնտեղ... իմ տետրակն էնտեղ — ... ես էլ գրեթե անգիր գիտեմ... և առանց լսելու ասում է՝ քո սովորածը շունը չի...

— Լա՛վ, լա՛վ, նեղանալ մի՛, դե ասա տեսնենք ո՞րն է քու սովորած շունը, — նույն մեղմ ժպիտով հարցրեց նա ու թնիցս բռնեց իրեն մոտ քաշեց:

Ես սկսեցի.

«Շունը չորքոտանի, կաթնասուն, մսակեր, ընտանի կենդանի է: Նա ունի մի գլուխ, երկու աչք, մի քիթ, մի պոչ, երեսունչորս ատամ: Նրա մորթին ծածկված է մազով: Նա ծնում է սովորաբար 4-6 ձագ, բայց պատահում է, որ մինչև 12 էլ է ծնում: Շան ձագերը ծնվում են առաջին ատամներով, բայց կույր են լինում և միայն 10-12 օրից հետո են աչքները բաց անում: Շունը ապրում է 15-20 տարի: Նա մարդուն շատ օգուտ է տալիս...»:

Մեր ծանոթը շարունակ ժպտում էր: Ես սկսեցի շփոթվել, մանավանդ գիտեցածս էլ հատնում էր:

— Այո՛, այո՛, ճիշտ ես ասում, սիրելի՛ս, — վրա հասավ նա: — Դասդ լավ ես սովորել, բայց... էդ շունը չի:

— Ո՞նց թե էս շունը չի: Հապա էլ ո՞րն է շունը... Դուք հիմի մեր վարժապետիցը լավ գիտե՞ք...

— Սո՛ւս, — բարկացավ վրես հերս:

— Հա՛, սո՛ւս... իրենք չգիտեն ու՝ սո՛ւս...

Եվ, հիշում եմ՝ էն օրը բավական անհամություն արի, մինչև որ վերջապես ինձ լռեցրին: Այնինչ մեր ծանոթը շարունակ ժպտում էր:

Վաղուցվա խոսք եմ ասում. մեր էն բարի, ուսումնական ծանոթն էլ վաղուց է մեռել: Նրանից հետո ես մեծացա, զանազան գրքեր կարդացի, նոր-նոր բաներ իմացա ու սովորեցի: Ու ինչքան սովորեցի՝ էնքան էլ տեսա, որ ես շատ ու շատ քիչ բան գիտեմ: Շան մասին էլ կարդացի: Համ կարդացի, համ լսեցի, կյանքում տեսա, և ահա էդ բոլորից հետո հիմի գրում եմ շան մասին: Բայց համ գրում եմ, համ մտածում, թե ո՞վ գիտի, դեռ ի՜նչքան բան կա, որ ես չգիտեմ:

Այժմ առանձին սիրով եմ հիշում մեր հին ծանոթին ու տեսնում եմ՝ ճիշտ որ, էն, ինչ որ ինձ ու իմ ընկերներին սովորեցրել էին՝ իսկի շունը չէր: Շունը շատ ավելի մեծ բան է եղել, քան թե ես էի կարծում էն ժամանակ, և դեռ ո՞վ գիտի, մեզանից հետո էլ գիտությունն ինչեր է բաց անելու:

I

Գիտությունը դեռ չի կարողացել որոշի, թե ո՞ր ժամանակից է շունը մարդուն ընկերացել, միայն կարծիք կա, որ ձեռնասուն կենդանիների մեջ շունը մարդու ամենահին ընկերն է:

Քրիստոնեությունից առաջ եղած հին կրոնները իրենց հոգևոր երգերի մեջ փառաբանում էին շան հավատարմությունն ու մարդուն արած ծառայությունները:

Ասորական ու բաբելական պալատների վրա քանդակած են ասորական ու բաբելական թագավորները իրենց որսի շների հետ:

Նրանից էլ դենը, Քրիստոսից հինգ հազար տարի առաջ՝ Եգիպտական հին հիշատակարանների վրա զանազան տեսակի շների պատկերներ կան փորագրած:

Նրանից էլ դենը գնանք, նախապատմական ժամանակների քարե շրջանի մարդկային բնակարանների շուրջը գտնված մնացորդների մեջ շան ոսկորներ են գտնվում:

Նրանից էլ ավելի խորը գնանք, արդեն մարդը ինքը վայրենի է: Ճշմարիտ է, էսօր էլ կան աշխարհքի զանազան մասերում վայրենի ցեղեր, բայց մի ժամանակ, շատ հազար տարի առաջ, մարդը վայրենի է եղել ամեն տեղ:

Նայած թե որտեղ է գտնվել վայրենի մարդը՝ բաց լեռներում, թե խոր անտառներում, գետափերին ու ծովափերին, թե լերկ, ընդարձակ տափաստաններում, ամեն տեղ էլ հարմարվել է իրեն շրջապատող պայմաններին: Կերել է ինչ որ կարողացել է ճանկել՝ վայրենի պտուղներ ու բույսեր, սերմահատիկներ ու արմտիքներ, կամ թե չէ՝ քարով կամ նիզակով որս է արել, հում որսի միս է կերել: Բայց երաշտ կա, ցուրտ կա, կարկուտ կա, մորեխ կա, պատահում է, որ բուսեղենն ու պտուղը փչանում են. վերջապես ձմեռ կա, ձմեռը հո արդեն վերջանում են: Կենդանի որսալն էլ հեշտ բան չի, որսը ամեն անգամ ձեռ չի ընկնում: Եվ ահա հայտնվում է սովը: Իսկ մենք լավ ենք իմանում ինչ բան է սովը: Սովը մեր լուսավոր դարում և ամենաքաղաքակիրթ երկրներում էլ ստիպում է մարդուն ուտել ամեն բան, մինչև անգամ մարդու միս ուտել, նույնիսկ իրեն մոտիկների միսն ուտել: Հենց մեր մոտիկ ժամանակներում ամեն մի ժողովրդի պատմության մեջ էդ տեսակ դեպքեր շատ են եղել: Եվ եթե մեր ժամանակներում լուսավոր ժողովուրդների մեջ մարդը կարող է մարդ ուտի, էն խոր ու խավար ժամանակներում հո կուտեր ու կուտեր: Եվ էն ժամանակները մարդակերությունը ընդունված սովորություն էր: Մարդը ինչպես գնում էր մի որևէ կենդանի որսալու, որ բերի ուտի, էնպես էլ գնում էր մարդ որսում բերում ուտում, կամ մարդազոհ էր անում, մատաղ էր անում իր կուռքի առջև: Մի խոսքով, ճիշտ էնպես, ինչպես էսօր մեզանում սովորություն է՝ անասունի միս ենք ուտում կամ անասունը մատաղ ենք անում մեր խաչերի ու սուրբերի առջև:

Էսպես էլ մարդակերության սովորությունը շարունակվեց երկար ժամանակ, մինչև որ մարդը ընկերացավ շան հետ: Շան հետ ընկերանալով՝ մարդը նրա հետ միասին որս էր անում, էնպես, ինչպես էսօր էլ երկու գիշատիչ գազան իրար երբեմն օգնում են մի որևէ կենդանու բռնելու կամ ժայռից գցելու, բայց գլխավորը որսը չէր: Գլխավորն էն է, որ շանը ձեռնասուն անելուց, տանու անելուց հետո, զամփռ ունենալուց հետո, մարդը կարողացավ հոտ ու նախիր կազմել: Հոտ ու նախիր կազմելուց հետո ունեցավ և՛ պատրաստի միս, և՛ կաթնեղեն, և՛ հագուստի ու այլ գործվածքների համար բուրդ ու կաշի, ապա թե վար ու ցանք անելու, ծանրություններ տեղափոխելու լծկան: Նրանից հետո էլ կարողացավ ապահով ապրուստ ունենալ, հանգիստ ապրել, պարապել խաշնարածությամբ, երկրագործությամբ, զանազան արհեստներով ու արվեստներով, սկսեց իր շուրջը դիտել, ուսումնասիրել, զարգանալ ու բարձրանալ, ստեղծել գիտություններ ու գրականություններ:

Մին էլ ետ նայեց, տեսավ՝ վաղուց էր մարդակերության սովորությունը վերացել, էն օրվանից, ինչ օրվանից շան օգնությամբ հոտ էր կազմել ու ստեղծել պատրաստի ապրուստ:

Թե շունն է մարդակերության վերանալու և մարդկային կյանքի զարգացման գլխավոր պատճառը՝ դրա համար էսօր էլ աշխարհքը լիքն է ապացույցներով: Արևելքն է շան հայրենիքը, արևելքն էլ համարվում է մարդկային ցեղի լուսավորության, քաղաքակրթության հայրենիքը: Եվ արևելքն էլ նրա համար է համարվում լուսավորության ու քաղաքակրթության հայրենիք, որովհետև արևելքի ազգերը անհիշելի ժամանակներից ի վեր շուն են ունեցել, հոտ ու նախիր են կազմել, պարապել են խաշնարածությունով, երկրագործությունով ու արհեստներով ու զարգացել: Եվ հետք ու հիշատակություն չկա, թե արևելքի խաշնարած ժողովուրդների մեջ երբևիցե եղած լինի մարդակերության սովորությունը: Էսպես էլ բոլոր էն երկրներում, որտեղ շունը վաղ է մարդուն ընկերացել, ինչքան էլ թեկուզ աղքատ ու անբերրի երկրներ, լինեն -էն բոլոր տեղերը մարդակերություն չկա: Իսկ, ընդհակառակը, էն երկրներում, որտեղ շուն չկա, ինչքան էլ թեկուզ լիքն ու բարեր երկրներ լինեն, էն երկրներում մինչև էսօր էլ շարունակվում է մարդակերությունը: Օրինակ՝ հյուսիսային մշտական ձյունի ու սառնամանիքի մեջ ապրող լոպարները (լապլանդացիք), օստյակներն ու սամոյեդները4 չգիտեին, թե ինչ բան է մարդակերությունը, որովհետև շուն են ունեցել, եղջերուների հոտեր են կազմել ու միշտ պատրաստի ապրուստ են ունեցել: Իսկ միջօրեականի կլիմայի տակ գտնվող Բորնեոյի, Ցելեբեսի և Տիմորի կղզիների նման տաք ու բարեխի երկրներում, որտեղ շուն չի եղել ու չկա, մնացել են մարդակեր:

Գիտությունը մինչև էսօր դեռ չի կարողացել հաստատ որոշի և շան ծագումը: Ոմանք ասում են տանու շունը առաջ է եկել մի վայրենի տեսակից, որ այժմ անհետացած է, ոմանք ասում են գելից է առաջ եկել, ոմանք ասում են շնագելից (չախկալից), ոմանք էլ՝ աղվեսից: Գիտնականներ էլ կան, որ ասում են և՛ գելից է առաջ եկել, և՛ շնագելից, և՛ մարդագելից, և՛ աղվեսից, դրա համար էլ շուն կա, որ գելի է նման, շուն կա՝ շնագելի, շուն կա՝ մարդագիլի, շուն կա՝ աղվեսի, և հասցնում են մինչև սկզբնական յոթը տեսակի, որոնք էլ շան անունով ընդհանրապես կոչվում են շան ցեղ:

Ասում են էդ յոթը տեսակից էլ հետո, տարբեր կլիմաների, տարբեր կուլտուրաների ու խառնուրդների ազդեցության տակ առաջ են եկել եղած բազմազան տեսակները, որ հասնում են մինչև իննսունի և ցրված են ամբողջ աշխարհքում, բացի մեծ Անտիլյան կղզիներից (Կուբա, Հայիթի կամ Ս. Դոմինիգը, Ցամայկա, Պորտո-Ռիկո և այլն), Մադագասկարից, Նոր Զելանդիայից, Բորնեոյից, Ցելեբեսից, Տիմորից և Ավստրալիայից: Ճշմարիտ է, Ավստրալիայում մի տեսակ շուն կա, որ կոչվում է դինգո, բայց էն էլ տանու չի, վայրենի է:

Ինչպես աշխարհագրական և կլիմայական, էնպես էլ կուլտուրական պայմանները, մարդու պարապմունքն ու ապրելու եղանակը ահագին ազդեցություն են արել շան թե՛ ֆիզիկական կազմվածքի, թե՛ մտավոր ընդունակությունների ու բնավորության վրա: Ժողովրդական առածն ասում է. ապրանքը եթե տիրոջը չգցի, այսինքն տիրոջ նման չլինի-գողանովի է: Եթե էսպես է, ապրանքը տիրոջ նման է լինում, որովհետև նրա հետ ու նրա մոտ է լինում և ամեն կերպ ազդվում է նրանից, էն ժամանակ շունը հո էն ապրանքն է, որ բոլոր ապրանքներից ամենից շատ է լինում իր տիրոջ հետ ու մոտ: Եվ որովհետև, ապրանքներից կամ անասուններից գրեթե ամենից ընդունակն է, կամ ինչպես ժողովուրդն է ասում, իմաստուն կենդանի է, միշտ ազդվում է, կրթվում է, սովորում է և յուրացնում է իր տիրոջ բնավորության առանձնահատկությունները: Առանց մանրամասնությունների մեջ մտնելու՝ նկատված է ընդհանրապես, որ գյուղացու շունը կոպիտ ու անճոռնի է լինում, բայց հավատարիմ. հովվի գամփռը ժիր ու մտացի է լինում, որսկանի շունը ճարպիկ ու հնարագետ. անբան, պարապ-սարապ պարոնի շունը՝ ծույլ ու քմապաշտ և գյուղացու անկիրթ շանից էլ ավելի կոպիտ. փակ, անհյուրասեր մարդու շունը՝ տխուր ու մռայլ:

Մեր հովիվների մեջ սովորություն է հաճախ իրենց հոտը թողնել շների հսկողությանը: Ամեն մի հովիվ հաստատ գիտի, որ իր շունը միանգամայն կփոխարինի իրեն: Պատահում է, որ մթնագիշերով գելը կամ գողը վրա է տալիս, հարձակվում է, հոտը ցրվում է, կտրկան է անում ոչխարի մի մասն ու քշում: Սակայն հովիվը չի հուսահատվում, նա լավ գիտի, որ իր շները կփրկեն: Միմիայն շներն են իր հույսը և միմիայն նրանց է աղաղակում: Էդ ժամանակ շների մի մասը ցրված ոչխարն է հավաքում, մյուս մասը կամ մինը ընկնում է թշնամու տարածի, կտրկանի ետնից՝ անդադար բարձր հաչելով ու կլանչելով, որ տերն իմանա որ կողմն է գնում և ազատում է թշնամու ճանկից, հավաքում ու պահում, չորս կողմը պտտում, մինչև տերը վրա է հասնում: Եվ էդպես ժամանակը ոչ մի սպառնալիքով ու ոչ մի զենքով չի կարելի ետ դարձնել հովվի շանը:

Իսկ սովորական գիշերը հո նա անշարժ նստած է իր տեղը, իր թևում, հոտի կողքին և ոչ մի բանով, ոչ մի ուտելիքով չի կարելի նրան հրապուրել, տեղահան անել, մինչև վտանգ չլինի կամ տերը չկանչի: Կպատահի, որ հոտի մի կողմը մի որևէ կասկածելի շարժում նկատի, էն ժամանակ էլ թաքուն կերթա, կստուգի, կրկին կգա իր թևը: Հովվի շունը հովիվն ինքն է որ կա, և դրա համար էլ հովիվը իր շանը սիրում է իր անձի նման:

Հիմի դուք նայեցեք մուրացկանի շանը:

Ելիազար Բլազ անունով մի եվրոպացի գրում է. ասում է՝ կառքում, դիլիժանսում նստած էի, մի շուն մոտեցավ՝ թաթերը բարձրացրեց դրեց առջևս ու աղաչավոր աչքերը ձգեց երեսիս: Կառապանը, որ ճանաչում էր շանը, ասավ. — «Մանր փող կունենաք, տվեք իրեն, պարոն. տեսեք ինչ է անում»:

Մի սև փող ձգեցի իրեն, վեր կալավ՝ վազեց մոտիկ հացթուխի խանութը, փողը տվեց, հաց առավ, ու մի կողմ քաշվեց, սկսեց ուտել: Բանից դուրս եկավ, որ մի մուրացկանի շուն էր, տերը նոր էր մեռել, մնացել էր անտեր ու իր տիրոջ նման ողորմություն ուզելով ապրում էր:

Հիմի էլ մի ուրիշ շուն:

Մենք հո լավ գիտենք բարձրաստիճան մարդկանց բնավորությունը: Նրանք առհասարակ խոժոռ են ու կոպիտ դեպի ամեն մի մարդ, որ ներկայացրած չի իրենց: Ահա էս տեսակ մարդկանցից մեկը, կոմս Բոասիեն (Անդրեզի) 1774 թվին մի մեծ շուն ուներ, անունը Պլուտոն: Շատ էլ սիրում էր: Պլուտոնը տանել չէր կարող ոչ մի օտար մարդու, ու կոմսի հյուրերը միշտ վտանգի մեջ էին: Սրա առաջն առնելու համար կոմսը սկսեց իր հյուրերին ամենից առաջ ներկայացնել Պլուտոնին ու ասել՝ Պլուտոն, ահա էս ինչ պարոնը, իմ բարեկամն է, և միայն էսպես՝ Պլուտոնին ներկայանալուց ու ծանոթանալուց հետո մարդիկ կարող էին ազատ էլ ու մուտք ունենալ կոմսի տանը: Ճիշտ իր տիրոջ նման:

Լոնդոնի հայտնի վիրաբույժ Բելկանին էլ իր շանից հետևյալ պատմությունն է անում: Ասում է՝ մի փոքրիկ շուն ունեի, որ միշտ հետս հիվանդանոց էի տանում ու միշտ կողքիս աթոռին նստած ներկա էր լինում անդամահատություններին: Մի անգամ էլ հիվանդանոց մտնելիս, չէի նկատել թե շունս ետ է մնացել, հանկարծ դռան ամուր զարկեցի ու շանս թաթը մնաց դռան տակը: Շունս սկսեց աղիողորմ կլանչել ու կլանչելով էլ կաղին տալով վազեց, բարձրացավ աթոռին, աթոռից էլ թռավ անդամահատության սեղանին, սեղանի վրա մեկնվեց ու կոնծկոնծալով թաթը մեկնեց ինձ: Նայեցի, տեսա ոտի մի մատը ջարդվել է, իսկույն փաթաթեցի, կապեցի, ու մի քիչ անց հանգստացավ, ու իր աթոռի վրա կծիկ եկավ քնեց: Մյուս օրն էլ եկավ իրան-իրան նույնն արավ, ու էսպես ամեն օր, մինչև որ լավացավ:

1881 թվին, Մոսկվայում երաժիշտ Բենետտու շունը էնքան վարժ էր նվագում, որ մասնակցում էր երաժշտական խմբի մեջ և իր տիրոջ երգելու ժամանակ նվագակցում էր նրան:

ԵՐԿՈՒ ՀԱՅՐ

1896-ի կոտորածի ձմեռն էր: Մի խումբ փախստականներ Սասունի կողմերից հասան Էջմիածին: Նրանց մեջն էր և Ա. գյուղի ծերունի տեր Սարգիսը:

— Հայրիկի աջը կուզեմ համբուրել,— խնդրեց նա վեհարանում, ու ներս թողին:

— Բարով, տեր հայր,— աջը մեկնեց Հայրիկը, քահանան համբուրեց ու ետ եկավ, կանգնեց դահլիճի մեջտեղը հոգնած, խորտակված:

— Որտեղի՞ց կուգաս:

— Սասունի կողմերեն, ես Ա.-ի տեր Սարգիսն եմ...

— Ա.-ի տեր Սարգի՞սը...

— Այո, Հայրիկ:

— Է՞...

— Ես քան հոգուց գերդաստան ունեի, Հայրիկ, տղաներս կոտորեցին, հարսներս տարան, թոռներս կորան, տունս թալանեցին, վառեցին, մնացի այսպես...

— Է հիմի...

— Ես ոչինչ չեմ ուզում, Հայրիկ, ես... այնպես, եկել եմ... եկել եմ... Հայրիկին ասեմ... էլ ոչինչ չեմ ուզում...

Ու Հայրիկի առջև կանգնած էր մարդը, որ ամեն ինչ կորցրել էր ու ոչինչ չէր ուզում:

Երկուսն էլ լուռ էին:

— Քանի՞ որդի կորցրիր, տեր Սարգիս,— գլուխը վեր քաշեց կաթողիկոսը:

— Ամենքը միասին քսան, Հայրիկ:

— Դու քսան որդի ես կորցրել, իսկ ես քսան հազար,— պատասխանեց Հայրիկը,— այդ էլ քսան՝ եղավ քսան հազար ու քսան... Ո՞ւմն է շատ, տեր Սարգիս...

Քահանան ցնցվեց ու լուռ կանգնած էր:

— Ո՞ւմ վիշտն է մեծ, տեր Սարգիս:

— Հայրիկինը...

— Դե, ե՛կ, տեր Սարգիս, մոտ եկ, աջդ դիր գլխիս, աղոթիր, օրհնիր, որ այս վշտին դիմանամ:

Ասավ ու գլուխը խոնարհեց:

Քահանան շտապեց առաջ, աջը դրավ իր Հայրապետի գլխին, սկսավ աղոթք մրմնջալ ու աչքերը լցվեցին արտասուքով...

Նա օրհնում էր հայոց կաթողիկոսին...

Նրա առջև խոնարհած էր հայոց Հայրիկը...

ՑԱՆԿ